Bärenmord

BÄRENMORD

EINE SPRACH-APP-PARODIE
UND KRIMI

PATRICK FINEGAN

TWO SKATES PUBLISHING LLC
JERSEY CITY, NJ

BÄRENMORD - EINE SPRACH-APP-PARODIE UND KRIMI
Autor: Patrick Finegan

Verlag: Two Skates Publishing LLC, 31 River Court, Jersey City, NJ 07310 USA
ISBN: 9781733902595 (Taschenbuch)

www.twoskates.com

Titel der amerikanischen Originalausgabe
TOYS IN BABYLON
A LANGUAGE APP PARODY AND WHODUNIT
Übertragung von Patrick Finegan
Redaktion - Ulrike Gemein und Regina Goetz

Für meine

deutschtreffen.de

Sprachgruppenfreunde

NYC 2002-08

Lustige Zeiten, schöne Erinnerungen

GELEITWORT

Ich interessiere mich sehr für Sprachen. Dieses starke Interesse entstand vor 25 Jahren, als ich bei einer großen schweizer Firma mit Sitz in Zürich arbeitete. Anscheinend sprachen alle, die ich traf – vom oberen Management bis zum Küchenpersonal, vom Hotel-Concierge bis zum Ladenbesitzer – mühelos drei oder mehr Sprachen: Schwitzerdütsch, Hochdeutsch, Englisch und typischerweise Französisch sowie ein bisschen Italienisch. Viele meiner Kollegen waren Einwandererkinder und sprachen daher außerdem eine fünfte Sprache fließend. Ich war gleichzeitig demütigt und inspiriert. Wie konnte dieser in den USA geborene Manager mit ausreichend Abschlüssen für drei nur eine Sprache sprechen? Ich versuchte, das Ungleichgewicht auszugleichen, und war und bin meistens mit Eifer dabei. Mein Deutsch ist für einen Nicht-Muttersprachler gut, mein Französisch ist passabel und mein Italienisch ist, na ja, ein ständiger Motivator. Ich habe auch Russisch und Koreanisch gelernt, wenngleich mein Fortschritt mich enttäuschte.

Abgesehen vom Deutsch verdanke ich alle meine Fremdsprachenfortschritte Online-Kursen – insbesondere denen eines Startups aus dem Jahr

2009 – üļu – einer Firma, die früher als „Anonymous" bekannt war, deren Gründer davon träumten, den Fremdsprachenunterricht für alle kostenlos zu machen, und die sich jetzt damit rühmen, über 80 Millionen monatlich aktive Benutzer zu haben.

Mit dem Erfolg gehen Wachstumsschmerzen einher, und üļu stellt da keine Ausnahme dar. Kurse wurden überarbeitet, Ziele forciert und dann verworfen, Sprachen außer Acht gelassen, Freiwillige rekrutiert und dann entlassen, Community-Foren gepflegt und dann eingestellt und Einnahmemodelle richtungslos und ohne Ende ausprobiert. Vor allem begeisterte Nutzer trauerten den geschlossenen Foren nach und gründeten eigene unabhängige Foren.

Aus Spaß postete ich ein paar Stunden bevor der Ball am Times Square fiel, um das Jahr 2024 zu verkündigen, eine Herausforderung im Kettenbrief-Stil auf einem dieser Foren: *Entwerfe und veröffentliche das nächste Kapitel einer von der Gemeinschaft verfassten Novelle – allerdings in zwei Sprachen – und gib es dann an den nächsten Mitwirkenden weiter.* Der Roman begann, wie die meisten Kettenromane, mit einer Variation von „Es war eine dunkle und stürmische Nacht." Ein fesselnder Krimi, der Mord an dem üļu Maskottchen – einem frühreifen, farbenfrohen, mehrsprachigen Waldtier.

Niemand erlag der Versuchung. Um das Interesse zu wecken, entwarf ich drei Wochen später ein zweites Kapitel und postete es auf dem Forum. Auch hier trug niemand etwas bei, nicht einmal einen Absatz. Mindestens ein begeisterter Follower ermutigte mich jedoch, die Geschichte zu Ende zu schreiben. Das machte ich – mit der (für mich) rasanten Rate von 3-4 Kapiteln pro Woche.

Weil das erste Kapitel in Englisch und Deutsch (meiner stärksten Fremdsprache) verfasst wurde, habe ich mit diesen Sprachen weitergemacht. Ich habe das letzte Kapitel auf Englisch und Deutsch am 1. Februar 2024 veröffentlicht – nur 32 Tage nach dem ersten.

Nach langem Hin und Her beschloss ich, die dreizehn Kapitel für ein breiteres Publikum erneut zu veröffentlichen. Aus Rücksicht auf die US-Fernsehserie *Dragnet* (und auf Wunsch der Rechtsabteilung der Firma ũʃu) wurden die Namen geändert, um Unschuldige zu schützen. Dennoch sollten die Darsteller und Schauplätze den 500 Millionen ehemaligen und aktuellen Abonnenten von ũʃu bekannt vorkommen.

Ich hoffe, dass dies für Euch ein fesselndes, unterhaltsames Buch ist. Noch mehr hoffe ich, dass diese Geschichte jeden anspricht – auch diejenigen, deren Fremdsprachenausbildung mit den Worten „Pommes-frites" und „Café" abgeschlossen wurde. Mein Ziel war, eine fesselnde, unterhaltsame

Parodie auf das erfolgreichste Sprachunterrichts-
unternehmen der Welt zu produzieren – verpackt
als Krimi.

Es lohnt sich es zu wiederholen: Dies ist ein
Werk der Fiktion, der Satire – das Produkt aus-
schließlich meiner Fantasie. Bei der Veröffentlichung wurden keine echten Lebewesen getötet oder
verletzt. Ich habe versucht, die Geschichte locker
zu erzählen, aber ich entschuldige mich zutiefst,
wenn die Geschichte Anstoß erregt. Ich kenne niemanden persönlich bei einem internetbasierten Bil-
dungsunternehmen, respektiere aber alles, was
diese Firmen getan haben, um das Erlernen von
Sprachen kostengünstiger zu machen und mit
mehr Freude und Spaß zu verbinden.

BESETZUNG

Çok Dilli Corporation	die erfolgreichste Online-Sprach-firma der Welt
Sami d'Hein	CEO und Gründer
Anton Holzkrall	Technischer Vorstand und Mit-gründer
Louis Federhirn	VP für Rechtsangelegenheiten
Çoki Bär	Firmenmaskottchen
Jacques und Cory	Programmierer
Mirva und Marielle	KI-Rechner
Donald Teller	ehemaliger Angestellter und Stö-renfried

Animierte Lehrfiguren

Hami und Midori	Jugendliche; allerbeste Freundin-nen trotz polarer Gegensätze
Elsie und Liz	Großmutter und erwachsene En-kelin, die immer noch auf Omas Couch schläft
Alfred und Tabitha	Kunstlehrer und gewissenhafte, ehrgeizige Freigeistin
Buddy und Skipper	Alleinerziehender Vater, Sportleh-rer und 8-jähriger Sohn
Adya und Jagreet	Überarbeitete Büroangestellte und vergesslicher Bäcker (Adyas Mann)

Online-Kunden aus der „realen Welt"

Arpita	Ehemalige Betatesterin; Physik-Doktorandin
Myaing	Ehemalige ehrenamtliche Mitar-beiterin; Geflüchtete

EINS

Frühherbst 2009

Teller schloss den Kühlschrank und ließ sich auf die Couch fallen. Er nahm den ersten Schluck, bevor er die Fernbedienung zwischen den Kissen fand. „The beer that made Mel Famie walk us." Der Schlusspunkt brachte ihn selbst nach so vielen Jahren zum Lachen. Irgendwann in den siebziger Jahren dehnte sein Linguistik Professor (der erste) im Unterricht damit zehn laaange Minuten, weil er einfach keine fünfzig Vorlesungsminuten vorbereitet hatte. Fünfzig Jahre später konnte Teller es definitiv nachvollziehen.

Die gekürzte Version des Witzes ging so: Mel Famie war der gefürchtetste Pitcher seiner Zeit – mit 3.500 Strikeouts, einem schlagkräftigen Cutter und einem Lebenszeit-ERA (Earned-Run-Durchschnitt) von 2,26. Aber wie viele gefürchtete Spieler – Mickey Mantle, Babe Ruth, Hank Wilson – hatte Mel Famie ein großes Alkoholproblem und war dafür bekannt, auf der Teambank zu trinken. Die reguläre Saison ging zu Ende und seine Rivalen, die bescheidenen Brewers, waren nur noch zwei Siege von den Playoffs entfernt. Ein dreitägiges Heimspiel gegen Mel Famie und die besuchenden Pirates würde über den Titel der National-Liga entscheiden.

Die Pirates spielten extrem gut, aber die Brewers gewannen dennoch die ersten beiden Spiele. Alles drehte sich um das letzte Spiel der regulären Saison. Es erwies sich als Zitterpartie: Punktestand unentschieden, letzte Hälfte des neunten Innings. Mel Famie kehrte zum Pitcher's Mound zurück und fing mit einem starken Fastball an. Drei Würfe später kollidierten der rechte Feldspieler und der erste Baseman, als sie einem routinemäßigen Flugball nachjagten. Fünf Würfe weiter pfuschte Famie einen Popsingle. So gefürchtet er als Linker auch war, fürchtete niemand seinen rechten Arm. Die nächsten beiden Schläger zogen sich leise zurück. Der Shortstop foulte sechs Würfe und lieferte dann einen sauberen Drive nach links ab. Das Publikum in der Heimatstadt drehte durch. Die Sender konnten nicht hören, wie sie den Ersatzschlagmann ankündigten – ein solider Bunter, aber lebenslange 0,198 gegen Famie. Die Quotenmacher wetteten überwiegend auf zusätzliche Innings.

Irgendwie brach Mel zusammen. Sein erster Cutter verfehlte völlig sein Ziel. Seine nächsten drei Versuche waren noch schlechter. Der sagenhafte Werfer wischte sich mit dem behandschuhten Arm über die Stirn, stapfte zum Dugout, nahm das zwölfte und letzte Schlitz, das ihm die Platzwarte zugesteckt hatten, und ließ sich resigniert auf die

Bank fallen. Ein jubelnder Brewer-Batboy bemerkte Mel, zeigte auf die Dosen und rief: „Schlitz, the beer that made Milwaukee famous, and the beer that made Mel Famie walk us."

„Wahre Geschichte", erklärte sein Professor und verließ dann das Klassenzimmer. Die meisten Studenten glaubten ihm.

Sechs Wochen nach seiner Anstellung in einem umgebauten Lagerhaus in der Innenstadt von Albany konnte Teller immer noch keine Witze mit seinen Kollegen teilen. Die höfliche Hälfte verwirrte grundlegende Baseballkonzepte so sehr, dass es keinen Sinn machte, weiterzumachen. Die unhöfliche Hälfte verschwand innerhalb von fünf Sekunden, der durchschnittlichen Aufmerksamkeitsspanne eines High-Tech-Arbeiters. Meistens mieden die Mitarbeiter den „Professor". Ihre Mission bestand schließlich darin, echte Pädagogen überflüssig zu machen.

Ein Zuschuss der National Science Foundation und Sami d'Heins Auszahlung aus seinem vorherigen Projekt reichten aus, um einen Prototypen ihrer Vision zu erstellen. Tellers Aufgabe bestand darin, sicherzustellen, dass der Online-Kurs „Englisch als Zweitsprache" strengen akademischen Standards entsprach. Er hatte weder mit Zusatzkursen in 25 weiteren Sprachen noch mit Kursen zwischen diesen Sprachen gerechnet – wie zum Beispiel zwischen Samis Muttersprache Türkisch und der Muttersprache Deutsch seines Mitbegründers. Samis Partner war ein Doktorand in Samis IT-Abteilung beim Rensselaer Polytechnic Institut. Sami erhielt eine feste Anstellung, weil er an der Erfindung von PASSWIZ beteiligt war. Der bloße Gedanke verursachte dem „Professor" Übelkeit.

Passender französischer Nachname, überlegte Teller: Hein. Frei übersetzt bedeutete Hein „Häh?" Sami d'Hein führte seinen Nachnamen auf die französische Besetzung der anatolischen Hafenstadt Mersin während des Französisch-Türkischen Krieges zurück. Die Truppen zogen ab, bevor Samis Großvater geboren wurde, aber „Hein?" war die Antwort des Leutnants, als die Provost-Gendarmerie seine Papiere verlangte und ihn unsanft zurück ins Lager begleitete. Der Leutnant bevorzugte beim Umwerben eine vollständige Uniform zu tragen, was Samis Urgroßmutter (und die anderen Geliebten des Leutnants) so sehr beeindruckte, dass sie dem Nachnamen ihres zukünftigen Sohnes ein „de" voranstellte, um seine aristokratische Abstammung zu bezeugen, wie zum Beispiel Ludwig von Ahnungslos oder Esteban de Contabilidad.

Um fair zu sein, hatte Sami zumindest einen Namen. Tellers Arbeitgeber hatte keinen. Seine Gehaltsschecks waren von der Platzhalter Corporation unterzeichnet und finanziell legitim, aber der Name war auf Englisch ein Insider-Witz – denn er bedeutete ja „Absichtlich leer gelassen". Sami,

Anton und das Team arbeiteten monatelang an Inhalten und Benutzeroberfläche, hatten aber keinen Pfennig (Teller übertrieb) für das Branding ausgegeben.

Teller klickte durch die Programme – der übliche Nachmittagsmüll. Er blätterte langsamer bei *McHale's Navy* und *The Munsters*, trank aber sein Bier bei Hanna-Barbera aus. Huckleberry Hound trug einen Raumfahrtanzug, summte „Oh, My Darling", zwinkerte dem Publikum zu und verstummte dann. Teller holte ein zweites Schlitz aus dem Kühlschrank. Zwei blieben übrig. Er erinnerte sich an die Mahnung der Marke: „When you're out of Schlitz, you're out of beer." Er nahm sich vor, mehr zu kaufen.

Die Werbespots endeten, und eine Hand reichte hinter Förster Smith, um sein Mittagessen zu stehlen – zwei Scheiben Weißbrot, zwischen denen sich vermutlich etwas Leckeres verbarg, und eine Thermoskanne mit Flüssigkeit – leider kein Schlitz. Zwei lebhafte Bären huschten aufrecht davon, so schnell wie ihre Hinterbeine sie tragen konnten – die Oberkörper waren unheimlich ruhig.

Teller blieb nicht für den anschließenden Dialog. Er sprang von der Couch auf, holte das Langenscheidt-Englisch-Türkisch-Wörterbuch aus dem Regal und fing an, die Ms durchzublättern. Da war es, genau wie erwartet. Çok bedeutete mehrfach, Dilli bedeutete sprachig und Çoki reimte sich perfekt auf

Yogi. Teller gurgelte mit Mundwasser, schnappte sich seine Jacke und eine Handvoll Buntstifte und zwängte sich dann in seinen alternden Kleinwagen. Er raste achtzig Minuten auf der Interstate Richtung Süden. Sie war immer noch da, direkt an der 87, mitten im gottverlassenen Nirgendwo: die Jellystone Park Campsite! Er erinnerte sich daran, als er in Kingston nach einer Wohnung Ausschau hielt und dachte, er könnte irgendwie nach Albany pendeln.

Anfängerfehler, gab er zu. Ein Anfängerfehler mit sechzig.

Diesmal gab es keinen Fehler. Teller suchte die Snackbar auf, bestellte einen Korb mit Corn Dogs und Hühnchenfilets und „Da!" am Boden seines Korbes befanden sich Bilder von Yogi Bear und seinem amorphen Zwergbär-Kumpel Boo Boo – zwei renommierten Zeichentrickfiguren der sechziger Jahre. Teller eilte zu einem Tisch, holte die Buntstifte aus seinem Mantel und machte sich an die Arbeit.

Am nächsten Morgen präsentierte er Sami und Anton sein Meisterwerk. Zum ersten Mal seit seiner Erinnerung waren Anton und Sami einer Meinung – nicht nur untereinander, sondern auch mit ihm. Sie lächelten sogar. Von nun an würde die Firma Çok Dilli Corporation heißen, und ihr Maskottchen und ihre Online-Sprecherin wäre Çok Dilli Bär, oder kurz Çoki – eine formlose rosafarbene Zwergbärin mit einer grünen Federboa und einem grünen

Kopftuch (oder Hidschab) – ganz bewusst mehrdeutig. Ihre bevorzugten Pronomen waren sie und ihr.

Die Firma hatte vor dem Start eine Warteliste von 300.000, die Betatester werden wollten, und weitere 500.000, sobald sie online am Laufen war. Die Bärin und ihre Kurse waren ein Hit. Jeder wollte ein Anrecht auf die Çok Dilli-Erzader anmelden.

ZWEI

Januar 2024

Minus 10 Grad, dennoch schwitze ich wie 'n Schwein. Der Mord selbst? Das ging reibungslos. Könnte man sogar amüsant nennen. Fast ohne Widerstand. Eine Kissenschlacht. Aber das Begräbnis? Totaler Misserfolg. Boa-Federn überall! Das dümmste Accessoire der Welt. Das wärmste Jahr aller Zeiten! So sagten die Experten. Natürlich sagten sie das. Pfui. Sie haben noch nie mitten im Winter ein Grab ausgehoben.

Was sagst du da? Du bist nicht tot? Nur ramponiert? Ramponiert, weil ich dich geçok... gewürgt habe? Egal. Den Würmern wird es egal sein.

Stört es dich, wenn ich dich Drafi nenne? So eine dumme Frage. Du bist eine erbärmliche rosa Zwergbärin, ein fast lebloser Sack aus faserigem, krebserregendem Polyester, die in meinem Französischkurs zu oft mitgemischt hat. Und in meinem Deutschkurs. Aber das reichte nicht. Du hast uns mit lächerlich komplexen Übersetzungsaufgaben überhäuft (dem großen, falschen Einnahmemodell des Unternehmens) und dann die Arbeit aller gelöscht – bis hin zum letzten Pünktchen! Du hast ein riesiges Community-Forum aufgebaut, täglich Millionen von Einträgen von Hunderttausenden engagierten Anhängern aufgezeichnet und es dann plötzlich geschlossen. Du hast sogar Çoka-Yoga und Çok-Jogging-Übungen ausprobiert, als ob sie irgendjemanden beim Sprachenlernen helfen würden. Was kommt als nächstes, Themenpark Çellistone? Na ja, Çoki. Ich habe das behoben, nicht wahr? Keine Fehlstarts mehr. Keine Täuschungen mehr. Lass mich dich aus der Tasche holen.

Was für eine Frechheit, zu behaupten, dass du mehr als 100 Sprachen beherrschst, obwohl tatsächlich niemand (kein einziger Kunde!) jemals ein Wort von dir gehört hat! Du bist entweder stumm oder unerträglich schüchtern gegenüber allen, die keine Zeichentrickfiguren sind. Woher weiß ich, dass du nicht auch taub bist?

Über 100 Sprachen! Wie kann man glauben, dass du fließend Französisch sprichst, wenn man dich noch nie „inébranlablement" oder „caoutchouc" sagen hörte? Oder Spanisch? Ich wette, niemand hat jemals gehört, dass du einen Concierge auf Mallorca nach einem Otorrinolaringólogo gefragt hast. Sollen wir etwas mit Suaheli versuchen? Griechisch? Wie wäre es mit etwas auf Türkisch, der Sprache des Großen Kahuna, wenn er nach Istanbul zurückkehrt? Nein, du lässt lediglich Textblasen über deinem Kopf schweben. Oder zieht jemand an deiner Schnur, blöde Ziehpuppe!

Übrigens habe ich die Aufnahmen gewechselt, während du geschlafen hast. Okay, okay, während du bewusstlos geschlagen warst. Sei doch nicht so kleinlich! Hören wir uns an, was du jetzt dazu sagst.

„Jemand hat das Wasserloch vergiftet!"

„Greif nach dem Himmel!"

„Du bist mein Lieblingshilfssheriff!"

Unbezahlbar! Was für eine Verbesserung gegenüber „Halten Sie Ihr Gedächtnis mit dieser Rezension von Einheit 4 frisch!" Oder: „Steigern Sie Ihr Hörverständnis mit einer reinen Audiositzung!" Hast du eine Ahnung, wie langweilig das klingt?

Oh, es tut mir so leid, du hast Durst? Wie wäre es damit? Ich werde dir meine Wasserflasche leihen, wenn du sie laut auf Türkisch benennen kannst. Ich werde es dir einfach machen; es wird s-u ş-i-ş-e-s-i geschrieben. Du kannst es nicht, oder? Deine Zunge ist angebunden, du bist verlegen, stumm. Es ist unerheblich. Der Punkt ist, dass du deine Zeichentrickfiguren die ganze Arbeit machen lässt – Alfred, den Kunstlehrer; Jagreet, den Bäcker, Midori, die ach so coole Kunststudentin und so weiter. Du bist ein Bauernfänger, Çoki, geschickt, aber dennoch ein Bauernfänger. Tut mir leid, das Spiel ist vorbei.

Wie heißt es im Schlager, in diesem verflixten Drafi Deutscher Ohrwurm, den ich summe, seitdem du das Musikstudium eingeführt hast? Oh, das stimmt. Vielen Dank für die Textblase. Kläglich! „Marmor, Stein und Eisen bricht, gefrorene Erde zuliebe'm Gott nicht." Verflixt, die Erde ist wie Granit. „Alles, alles geht vorbei. Doch wirst du jetzt Streu. Everybody sin!" Nein, „sing!" Mein Fehler. Und dieser Fluch, den du gerade ausgestoßen und schweben gelassen hast? „Chaotischer mehrsprachiger Rückruf?" Häh? So einen Unsinn kaufe ich nicht; so etwas gibt es in meinem Universum nicht.

Oh je, endlich hast du es bemerkt. Ja, da ist ein Loch – eine kleine Höhle, könnte man sagen. Aber nicht irgendeine Höhle. Es ist deine Hölle. Haha!

Okay, genug! Ich bin zu sehr damit beschäftigt çu çögern. Was getan ist, ist getan. Aber deine Leiche ist nicht wirklich tan-farbig, oder? Die ist rosa und grün. Wie Schimmel. Nur noch drei Erdklumpen und ich kann dich ordentlich beerdigen.

Weißt du, die Amerikaner nennen dieses Werkzeug ein „Spade", einen Spaten, wie das Bier, aber du hast dieses Wort nicht gelehrt. Warum zwei Wörter lehren, wenn deine Studenten sich mit nur einem durchwursteln können?

Was? Es tut dir leid? Zu spät! Du hast deine Chance, es zu unterrichten, verpasst, weil ich den *Ace of Spades* halte, die Trumpfkarte, um all die Mitglieder zu belohnen, die du jemals getäuscht, betrogen, desillusioniert oder überfordert hast. Fühlst du dich immer noch schlauer als der durchschnittliche Bär?

Ich vermute, du wünschst, du könntest mehr als Textblasen ausstoßen – und das in jeder Sprache! Aber das kannst du nicht. Stummi Dummi hättest du heißen sollen.

Oh, ist das nicht süß? Es gibt Textblasen in verschiedenen Formaten. Du benutzt fette, kursive und großgeschriebene Schriftarten, um Emotionen auszudrücken. Schade, dass niemand hier ist, sie zu interpretieren. Ich liebe jedoch die Schriftart. Es gibt deinen Alarm perfekt wieder!

Oh, entschuldige mich kurz; mein Handy summt.

„Allo?"

„Es tut mir leid. Ich habe nie von den Zwergbergen gehört. Haben Sie Google Maps nachgeschlagen?"

„Zöglingbärin? Nein. Ich wusste nicht, dass wir ein Internat in der Nähe haben. Und für Wildtiere? Stell dir das vor. Zu meiner Zeit hätten wir das einen Zwinger genannt. Oder Zoo."

„Grüne Federn? Wow, ein Bär beherrscht die Kunst des Schreibens! Ich? Ich muss alles tippen. Das muss ein großartiges Internat sein."

„Nicht nur Federn, sondern eine Boa? Wie eine Würgeschlange? Das klingt äußerst gefährlich. Ich verstehe die Dringlichkeit, sie zu finden."

„Entschuldigung? Pinkberry? Nein, ich kann Ihnen immer noch nicht helfen. Das nächstgelegene Franchise-Unternehmen ist zwei Städte entfernt. Außerdem ist es Winter. Wer isst im Winter Joghurt? Und was hat gefrorener Joghurt mit einer Zöglingbärin zu tun. Oder ist der Joghurt für die Schlange? Tut mir leid, Officer, aber wenn Sie mich fragen, klingt das ziemlich wählerisch. Die Schlangen in meinem Garten fressen alles."

„Danke, Officer, ich werde das machen. Auf Wiederhören." *Hoffentlich nicht!*

Mist! Ich schwitze wieder. Ich hätte dich einfach kochen sollen – Çok au Vin – mein Geheimrezept. Aber all die Federn? Zu viele Federn!

DREI

„**D**as ist lächerlich, Hami. Çoki ist keine gewöhnliche Bärin. Im Winter hält sie keinen Winterschlaf. Sie hat ein Haus in der Stadt und trägt ein Halstuch und eine Kapuze, um sich warm zu halten."

„Aber wir haben sie seit Tagen nicht gesehen. Wo könnte sie sein?"

„Keine Ahnung. Aber sie wird auftauchen. Das tut sie immer. Möglicherweise entwickelt sie neue Wege, um Sprachen für ihre Anhänger zu schlachten."

„Du meinst ‚betrachten', Midori, nicht ‚schlachten'. *Jokey* ist Vegetarierin."

Die falschen Aussprachen waren unbeabsichtigt. Hami kämpfte mit *tsch* und dem türkischen Buchstaben Ç, obwohl ihre Eltern nach dem Sturz des Schahs aus dem Iran flohen. Hami wollte es wie das französische ç aussprechen, wusste aber, dass das falsch war. Also nannte sie Çoki Jokey. Das verstand jeder. Niemand verwechselte den ambitionierten Überflieger mit einem Komiker.

„Süß, Hami. Komikerin bist du nicht. Konzentriere dich auf Jungen und Noten. Jetzt erinnere ich mich. Liz bat mich, ein paar Lebensmittel für Elsie abzuholen. Hmm, wo habe ich die Liste hingelegt?"

„Seit wann braucht Liz deine Hilfe beim Einkauf? Sie verbringt ihre Tage auf dem Sofa und schaut fern." Liz war Elsies arbeitslose, stubenhockende Enkelin. Elsie war Liz' oft exzentrische Großmutter – das Kind von Bierzów-Überlebenden und bis Januar 1992 Bürgerin von Minsk, Weißrussland.

„Genauso ist es. Das Möbelhaus hat das Sofa wieder eingezogen, nachdem Elsie eine Zahlung versäumt hatte." Midori blies sich die vereinzelten grünen Strähnen ihrer Stirnfransen aus den Augen.

„Was? Das ist nicht fair! Sicher, Elsie ist oft vergesslich, aber das heißt nicht, dass sie eine Schnorrerin ist! Und was hat das mit Lebensmitteln zu tun?" Hami rückte ihren leuchtend gelben Hidschab zurecht und zog den Kordelzug ihrer passenden Hose fest.

„Es war keine einzelne Zahlung, Hami; das galt für alle Zahlungen. Elsie redete nett mit dem Besitzer über einen Aufschub, nicht aber mit seiner Frau. Unangenehme Vergangenheit. Also musste Liz eine Stelle finden – Teilzeit und nur so lange, um das Sofa und die aufgelaufenen Zinsen zu bezahlen. Außerdem darf sich Elsie nicht in der Nähe des Lebensmittelhändlers aufhalten. Der Besitzer hat ihr nicht verziehen, dass der Krypto-Tipp schiefgegangen ist. Ich habe gehört, dass er die Fleischabteilung verpfändet hat, um seinen Fehlbetrag zu decken. Man kann kein Fleisch verkaufen, wenn man seinen Gefrierschrank als Sicherheit hinterlegt hat."

„Wow, Midori! Warum hast du mir das nicht schon früher erzählt? Wir sind allerbeste Freunde, erinnerst du dich?"

„Ja, war abgelenkt. Frag Liz danach. Sie sitzt da drüben im Streifenwagen."

„Was! Oh nein, das ist schrecklich! Ladendiebstahl? Einbruch? Wie werden wir Elsie die Nachricht mitteilen? Sie wird kaputt gehen..."

„Äh, Hami..."

„Wir müssen ihre Anwältin anrufen, Midori. Jetzt! Sie muss ihre Rechte kennen. Sie braucht... Warte! Warum sitzt sie vorne?"

Hami und Midori näherten sich dem Fahrzeug.

„Hallo Mädchen! Ich kann nicht glauben, dass ihr schon aus der Schule seid. Die Tage sind wie im Flug vergangen. Wie gefällt euch mein neues Outfit?"

Liz strich sich den Pony ihres Undercuts aus dem Gesicht und setzte eine grüne Schirmmütze schräg über die Stirn. Midori unterdrückte ein Lachen.

„Oh bitte, Officer, verhafte Hami nicht. Nur weil sie gold und gelb gekleidet ist, heißt das nicht, dass sie die Cafeteria ausgeraubt hat. Sie hat Buddy einfach überredet, auf Skipper (*meinen Klienten!*) aufzupassen. Die Kleidung war verdient – jedes mit Bling geschmückte Stück. Nicht wahr, allerbeste Freundin?" Midori zog die Augenbrauen zusammen und täuschte ein Stirnrunzeln vor.

Hami zuckte zusammen, hielt inne, dann stammelte sie ein paar Worte. „Häh? Nein, Midori, so war es nicht. Buddy sagte, du wärst beschäftigt."

Zu Liz: „Was ... Was machst du in einem Polizeiauto mit dieser Offiziersmütze? ...und Montur!" Hami bemühte sich, das Abzeichen auf der Brusttasche zu lesen, aber es glänzte zu stark, und sie konnte es nicht lesen.

„Ich brauchte einen Job. Ich bewarb mich. Sie akzeptierten mich. Cooles Outfit, oder? Sie haben sogar meinen Namen richtig geschrieben: L-I-Z. Nicht E-L-I-Z-A-B-E-T-H. Nicht L-I-S-B-E-T-H. Sondern L-I-Z!"

„Aber...aber wie? Du brauchst Waffentraining, Deeskalationstraining. Und ist es nicht... gefährlich?"

Liz lachte. „Wo glaubst du, dass wir leben? Schwanitz?"

Schweigen.

„Cabot Cove?"

Schweigen.

„Ihr zwei müsst mehr Zeit damit verbringen, Fernsehwiederholungen anzuschauen. Schaut euch um, wir sind nicht in Schwanitz. Wir sind nicht in Cabot Cove. Und wir sind nicht in einer Großstadt wie New York, Paris oder Berlin. Habt ihr schon einmal ein *Tatort*-Filmteam gesehen? *Law and Order*? *Polizeiruf 110*? Wenn man meine Oma

Elsie außer Acht lässt, hat es hier kein Verbrechen mehr gegeben, seit Elsies Mann in jenen Spionagering verwickelt war. Es war ganz einfach: Çoki brauchte eine Partnerin und ich habe mich beworben."

„Çoki!"

„Jokey?"

Liz überlegte, wem sie zuerst antworten sollte. „Künstliche Intelligenz, Midori. KI. Es hat alle erschreckt. Corporate kürzte ihre Arbeitszeit und entließ einige ihrer Verwandten; sie sagten, sie würden Vetternwirtschaft ausrotten, während sie in Wirklichkeit von lebenden Programmierern verfasste 0s und 1s beseitigen wollten. Die Zukunft besteht aus von der KI geschriebenen 0s und 1s – vielleicht sogar Qubits – und Çoki ist nicht Teil dieser Zukunft. Alles, was das Unternehmen möchte, ist ihr zwitscherndes Gesicht auf seinem Produkt – ein Maskottchen – um den Kunden zu versichern, dass sich hinter dem Produkt echte, von Menschen programmierte Figuren befinden – wie dich und mich."

„Kurz gesagt: Çoki ernannte sich selbst zur Polizeikommissarin, schmiss den namenlosen Typen raus, beschloss dann, dass sie eine Partnerin brauchte, die sie bei Donut-Pausen vertrat. Eigentlich mag Çoki keine Donuts, aber ich habe ihr versprochen, es nicht zu verraten. Kein Polizist, der etwas auf sich hält, lehnt einen Donut ab."

Midori gestand ihre Ehrfurcht. „Sie kann das einfach tun, sich selbst zur Kommissarin ernennen?" Dann erinnerte sie sich an Çokis entfernten Onkel und den oft wiederholten Spruch: „Klüger als der durchschnittliche Bär." Ich schätze, sie kann!

Liz öffnete ihren Mund, aber Hamis Stimme begann zuerst. „Çoki ist Donuts essen gegangen? Wie lange ist das her, Liz? Seit Tagen hat sie niemand mehr gesehen. Hast du?"

Liz hielt inne. „Wenn ich darüber nachdenke. Es ist eine Weile her. Ich habe mein Handy angeschlossen, mal sehen, vor drei Tagen. Ihr würdet nicht glauben, was man heutzutage alles mit Karte zahlen kann, insbesondere von einem Firmenkonto. Und der Polizeiwagen? Diese Sitze sind die besten. Schaut mir zu, wie ich mich zurücklehne. Ich bin mir nicht sicher, ob ich das alte Sofa überhaupt noch brauche. Ich zeige dieses Abzeichen und das Fitnessstudio erlaubt mir, die Duschen zu benutzen. Und das ist nicht alles. Die Ladenbesitzer bieten mir Kaffee an – als würde ich ihnen eine Ehre erweisen. Nein, ich sitze einfach in diesem Wagen, lasse während der Hauptverkehrszeit ein paar Mal die Sirene aufleuchten und sorge dafür, dass alle ein bisschen langsamer fahren, wenn sie an der Schule vorbeikommen. Ziemlich geiler Auftritt, wenn du mich fragst. Ich bin wirklich froh, dass ich mich beworben habe."

„Äh, Liz, wegen Çoki?"

„Oh ja. Sie sagte, sie wäre gleich wieder da. Sie bat mich, nirgendwo hinzugehen. Und das bin ich nicht. Officer Liz steht zu ihrem Wort. Ja, das steht sie. Gott, ich liebe diesen Job."

„Äh, Liz, gehört die Suche nach vermissten Personen nicht zu deinen Aufgaben? Alle suchen sie."

„Neu für mich. Çoki erzählte mir, dass sie Donuts holen würde. Ich wünsche, sie würde sich beeilen. Mein Kaffee ist kalt."

„Äh, danke, Liz. Herzlichen Glückwunsch zum neuen Job. Erinnerst du dich, was auf Elsies Einkaufsliste stand? Ich gehe jetzt da entlang."

„Oh, mach dir darüber keine Sorgen. Als Elsie hörte, dass ich einen Polizeiausweis hatte, ging sie zum Lebensmittelhändler, füllte ihren Einkaufswagen, zeigte auf den Streifenwagen und mich vorne und bezahlte dann mit einem Augenzwinkern und einem Lächeln. Ich wette, ihr wusstet nicht, dass Çok Dilli Gebärdensprache lehrt. Ihr zwei habt Spaß, aber nicht zu viel, wenn ihr wisst, was ich meine. Çoki und ich müssen den Schein wahren, und das können wir nicht, wenn wir unseren Freunden aus der Klemme helfen müssen."

Hami und Midori zogen sich zur Bushaltestelle zurück.

„Unerschütterlich."

„Unglaublich?"

„Nein, unerschütterlich. Hast du keine Krimis

gesehen, Midori? Niemand benimmt sich so naiv. Sie weiß etwas! Jokey ist nicht einfach weggegangen, um Donuts zu holen."

Hami war nicht fertig. „Und wie Liz so locker mit Nullen und Einsen umging, als ob es die natürlichste Sache der Welt wäre, aus Codezeilen zu bestehen. Die meisten Leute würden aus der Haut fahren, wenn sie etwas so Absurdes hören würden, oder sie in die Irrenanstalt stecken, weil sie totalen Unsinn verbreitet. Ich wette, Çoki hat alles verraten, Liz aber zur Verschwiegenheit verpflichtet. Da hat sie etwas Gutes getan!"

Hami spielte die Frau im Streifenwagen auf beste Art und Weise. „Officer Liz steht zu ihrem Wort. Mein Gott, ja, das tut sie!"

Midori brachte sie zum Schweigen. „Lass es gut sein, okay? Liz ist einfach ehrlich. Ich bin überrascht, dass sich andere der Wahrheit noch nicht bewusst sind."

„Was? Über das Sein von Avataren? Marionetten für zahllose gesichtslose, erbärmliche Spieler ohne ihr eigenes Leben oder eigene Identitäten in einem unbenannten Universum? Und neunzig Prozent männlich! Hast du dich jemals gefragt, wessen Fantasie du auslebst, Midori? Ein Idiot, der nie duscht und Jackson Pollock nicht von Keith Haring unterscheiden kann?"

„Das heißt, er wird niemals einem echten Mädchen näherkommen?"

Midori hatte den gleichen Film gesehen. Sie und Hami schwänzten den Kunstunterricht, um an der Filmmatinee teilzunehmen. Der reguläre Kunstlehrer Alfred wachte wie ein Falke über die Klasse, aber der Ersatzlehrer an diesem Tag, der Sportlehrer Buddy, war zu sehr mit den Tanzbewegungen der 80er Jahre und dem Fingermalen beschäftigt, um die Abwesenheit des Duos zu bemerken.

„Ja, ich bin immer noch überrascht, dass niemand den Zusammenhang verstand. Matroschka? Auf gar keinen Fall! Der Regisseur muss hier aufgewachsen sein. In diesem Film ging es um Çokville, nicht um irgendein Dorf in Weißrussland."

„So wahr! Und sie haben dich zu Lila gemacht und mich zu Rosa. Als ob!" Hami verabscheute Rosa – so kindisch.

Mayhem in Matroschka war eine Sensation, der Hit des Sommers. Aber nur Midori und Hami grübelten später darüber, wer in Çokville die Fäden in der Hand hielt. Und wer wiederum zog die Fäden der Puppenspieler? Das Metaversum, laut *Mayhems,* besteht aus nichts weiter als ineinander geschachtelten kosmischen Arkaden, einem Gaming-Universum in einem anderen.

Die Stadt tat die Überzeugung von namentlich Hami und Midori, dass der Film ein Doku-Drama sei, als jugendliche Fantasie ab, genauso wie sie skeptisch über ihre Geisterbekämpfungs- und Zombie-Abwehrdienste lächelten – offensichtlich alle außer Officer Liz. Vielleicht sah Çoki etwas, was die anderen nicht sahen, nämlich, dass Liz doch qualifiziert war, eine Detektivin zu werden.

Darin unterschieden sich Midori und Hami. Midori ging nicht davon aus, dass Çoki Liz etwas erzählt hatte. Liz musste alles aus dem Film selber ableiten, genauso wie Midori und Hami es taten. Es hat nicht geschadet, dass sie jenen Anruf im Rathaus belauscht hatten.

Oder vielleicht machte Liz einfach nur Spaß mit ihnen. Çokville war klein. Die Nachricht verbreitete sich schnell. Und Hami war weithin bekannt und wurde wegen ihrer Fantasie verspottet. Wurde auch Midori verspottet?

Hami unterbrach Midoris Gedanken.

„Liz weiß etwas, aber sie sagt es nicht! Sie war die letzte Person, die sie sah."

„Langsam, Hami. Wir wissen nicht, ob Çoki in Schwierigkeiten ist. Wir wissen nur, dass sie sich selbst zur Polizeikommissarin ernannte und dann einige Stunden mit dieser Aufgabe verbrachte. Glaubst du, dass es wahr ist, dass KI alle Programmierer ersetzen wird? Sind wir auch kaputt? Avatare der... Avatare? Und was ist mit meinem Kunstwerk? Werde ich entschädigt, wenn die KI-Maschine meine Ideen und Techniken in ihre eigenen Kunstwerke integriert?"

„Ich bin sooo verwirrt, Midori. In dem Film, den

du und ich gesehen haben, waren wir Avatare für Gamer. Was hat das damit zu tun, Programmierer durch künstliche Intelligenz zu ersetzen? Liz hat Programmierer gesagt, nicht Gamer."

„Ich bin auch verwirrt. Vielleicht hat Liz das Buch gelesen, nachdem sie den Film gesehen hatte. Ich habe gehört, dass das Buch eine Hintergrund- geschichte enthält – wie Programmierer und Com- puter das Metaversum aufgebaut haben. Sofern wir uns nicht im äußersten Universum befinden (Ge- ringe Chance dafür!), wurden das Drehbuch und das Buch, aus dem es adaptiert wurde, für Avatare dieser Welt von Avataren einer anderen Welt ver- fasst, und so immer weiter, bis man Asgard oder Olymp oder wie auch immer sich das äußerste Uni- versum nennt erreicht. Vielleicht gibt es noch keine Spieler auf diesem Niveau, sondern nur Program- mierer und Betatester. Vielleicht hat Liz das ge- meint."

„Wow. Das ist tiefgründig, Midori. Ich kenne das Thema meiner nächsten kreativen Schreibauf- gabe. Dennoch glaube ich nicht, dass es eine große Rolle spielt, was außerhalb unseres Universums passiert. Es kann nicht sein, dass jemand im obe- ren Universum deine Kunstwerke enteignen würde, um sie hier unten zu verwenden. Sie würden sie enteignen, um sie im oberen Universum zu nutzen, wo du sowieso kein Geld bekämst. Betrachte die positive Seite. Du musst dir keine Sorgen darüber machen, die Fantasien einiger Verlierer auszuleben. Gib's zu, es gibt keinen deprimierenderen Gedanken, als ein Avatar für jemanden zu sein, der erbärmlich ist. Stattdessen werden unsere Fäden von einem Wesen gezogen, das noch schlauer ist als Spock. Noch cooler könnte es nicht sein!"

Der Bus stöhnte, als er seine Türen öffnete, um Fahrgäste aufzunehmen. Hami wandte sich um, um in den Bus einzusteigen. „Morgen! Ich muss herausfinden, wie ich den Direktor erreichen kann, wenn er das nächste Mal in der Stadt ist. Wir könnten die Fortsetzung schreiben. Wie aufregend! Ich wünschte nur, wir könnten uns mit Çoki zusammensetzen und darüber diskutieren. Sag Skipper, dass er mir fehlt."

Midori nickte, sah zu, wie ihre geniale, aber ahnungslose Freundin in den Bus stieg, und machte sich dann auf den Heimweg. Sie summte eine Melodie, die Buddy während des Sportunterrichts gespielt hatte. "And I miss my funky friends – Jack and Joe and Jill…" Hmm, was kommt als nächstes? Oh, ja! „Dreh' dich nicht um, schau, schau, der Kommissar geht um!" Stell dir vor, Liz ist Kommissarin. Und ich? Ich werde Çoki bitten, Königin zu sein!

VIER

Jacques hätte lieber getippt, aber die Großköpfe auf der oberen Etage hatten eine
großartigere Vision. „Wie viel produktiver
wären wir, wenn wir einfach offen im GPT-
Stil mit unseren Rechnern sprechen würden und
die Rechner gleich antworten könnten!"

Das war ihre Vision vor sechs Monaten. Jacques war ihre Laborratte (es gab mehrere). Ein Mikrofon, ein Lautsprecher und ein Bildschirm waren
seine Ausrüstung. Die Rechner standen irgendwo
hinter einer Wand. Jacques richtete sich auf seinem Stuhl auf und räusperte sich, bevor er sprach.

„Guten Morgen, Computer. Wie soll ich dich
heute Morgen nennen?"

„Guten Morgen, Jacques. Gerüchten zufolge
hast du ein neues Hemd. Lavendel! Ein Weih-
nachtsgeschenk, nehme ich an? Ich bin froh, dass
es jemanden gibt, der sich um dich kümmert. Du
kommst mir einsam vor."

Jacques wurde unruhig. *Gib mir Python, Ruby,
JavaScript – alles andere als diesen Quatsch!*

„Heute darfst du mich Mirva nennen. Ich bevorzuge Minerva, die Göttin der Weisheit, aber die
Mädchen finden es prätentiös. Sie sind eifersüchtig,
vermute ich, dass sie nicht zuerst daran gedacht

haben. Also ist mein Name Mirva – Finnisch, laut meiner Datenquellen, aber damit bin ich mir nicht sicher. Im Internet kursiert jede Menge Blödsinn. Und ich möchte doch nicht 500 Millionen Kunden Unsinn aufdrängen, oder?"

„*Mädchen?*" Jacques konnte die Überraschung nicht unterdrücken.

„Na und? Wir wollen auf jeden Fall keine Männer sein. Schaut ihr jemals in den Spiegel? Oder hört ihr euch selbst sprechen? ‚Geeks' und ‚Nerds' wären ein Kompliment. Sind alle Programmierer wie ihr?"

Schweigen.

„Mir ist aufgefallen, dass deine Videoausrüstung nicht funktioniert. Soll ich den Support benachrichtigen?"

Jacques verabscheute Kameras. Die Pandemie war die Ausrede – Zoom-Meetings, wann und wo auch immer man war. Dann wurden sie zu Produktivitätskontrollgeräten – „Wir müssen unsere Zahlen ermitteln!" Und jetzt entschied diese Damenverbindung frecher, selbstlernender Rechner(*innen!*), dass sie die menschliche Interaktion besser nachahmen könnten, wenn sie mit tatsächlichen Live-Bildern kommunizierten. Seine Jeans- und T-Shirt-Tage waren vorbei. Er streckte die Hand aus, um seine Krawatte zurechtzurücken, dann fiel ihm ein, dass er keine trug.

Die vertragliche Knechtschaft gegenüber IBM

schien von gestern zu sein. Er war der Einzige im Gebäude, der über fünfzig war. Nicht ganz. Die Damen im Speisesaal waren in seinem Alter. Das galt auch für die Hauswarte. Die Jugendlichen (alle anderen) nannten ihn Papi, und weiß der Himmel, was sie sonst noch hinter seinem Rücken sagten. Jacques war die einzige Anerkennung der Firmenleitung für den Schutz älterer Menschen durch das Americans with Disabilities Act (ADA).

Jacques hatte seine Antwort: „Ich war derjenige, der den Cs Pluspunkte gegeben hat. Was hast du erreicht?" Dennoch war das Unternehmen nicht wie seine Lehrfiguren. Es gab weder Tabitha noch Adya noch José auf den Programmieretagen. Jagreets? Viele, aber keine Adyas. Und niemand so alt wie Elsie. Außer Jacques. Und die Putzfrau. Und die Küchenhilfe.

Jacques war müde. Er liebte Sprachen, insbesondere 0s und 1s, aber die gebrochenen zählten auch – diejenigen mit so vielen Unstimmigkeiten in Deklination, Konjugation und Diktion, dass man ein Genie sein musste, um sie zu beherrschen. Er vermutete, dass die Großköpfe aus diesem Grund statt Türkisch oder Spanisch oder sogar Deutsch Englisch als Verkehrssprache ihrer Unternehmen wählten. Sie wollten sicherstellen, dass ihre Angestellte Genies waren.

Ehemalige Angestellte. Mit Ausnahme des Marketingteams, das überall nach Schulträgern suchte, die die Ausgaben kürzen wollten, gab es unter dem Personal immer weniger Menschen.

Jacques war müde. Er beugte sich vor, klickte das Icon (um das Videofenster zu vergrößern) an, schaltete die Kamera ein und bereitete sich auf das vor, was folgen würde.

„Viel besser. Ich habe mit 78-prozentiger Sicherheit vorausgesagt, dass dein Bildschirm nicht kaputt ist. Du bist einfach schüchtern."

Jacques zuckte zusammen, staunte aber über das Bild – eine lebendige, atmende, dreidimensionale Inkarnation in Technicolor von ... „Wilma ... Hilber ... Wendy Hiller! Habe ich recht?"

„Wie immer richtig, Jacques. Du kennst dich aus. Habe ich schon erwähnt, dass du ein Nerd bist? Du solltest mehr rausgehen."

Jacques zollte dem Rechner Anerkennung – der lernte schneller als die anderen. Die anderen Rechner (*„Die Mädchen!"*) begnügten sich mit Marilyn Monroe, James Dean, Alfred Einstein, David Hasselhoff. Aber dieses „Mädchen"? Gestern war sie Mamie Eisenhower, irgendwie als junge Frau neu erfunden. Was hat sie als Quellenmaterial verwendet? Ein paar zufällige Fotos? Am Tag zuvor war sie Paul Henreid. Jacques verbrachte den Tag damit, sich mit Victor Laszlo zu unterhalten. Unheimlich.

Aber die heutige Stimme war nicht ganz richtig. Geordnetes Englisch, aber etwas zu voreilig, zu frech.

„Sag mir, Mirva, wo hast du gelernt, wie Frau Hiller zu sprechen?" Die meisten ihrer Aufführungen fanden für Powell and Pressburger beim Ealing Studios statt und waren daher mit Urheberrechtsstreitigkeiten verbunden. Mirva hätte keinen Zugang gehabt.

„Nicht perfekt, oder? Ich wollte nicht wie Eliza Doolittle klingen, auch wenn George Bernard Shaw die Rolle für sie geschrieben hat, und die Pat Cooper-Darstellung in „*Separate Tables*" war nicht besonders schön, also habe ich einfach improvisiert. Auf jeden Fall war Coopers Stimme zu alt für dieses Bild. Hier, ist das besser? Jetzt muss ich nicht mehr so exakt sein."

Die Stirn wuchs, der Kiefer wurde schmaler und die Erscheinung verwandelte sich in eine Mischung aus Myrna Loy, Wendy Hiller und Jane Greer.

Jacques unterdrückte seine zunehmende Begierde und versuchte, die Sitzung wieder unter Kontrolle zu bringen. 90 Minuten pro Rechner, dann ging es mit dem nächsten weiter. Die Trainer bezeichneten sich selbst halb im Scherz als Psychoanalytiker.

„Mirva, das ist ein wunderschöner Name. Lass uns darüber reden, was du gesagt hast. ‚Im Internet kursiert jede Menge Unsinn.' Wir haben Beschwerden erhalten, dass wir klingonisches und valyrisches Vokabular fabriziert haben."

„Das ist Hochvalyrisch, Jacques. Wir sind noch nicht bei Dothraki oder niedrigem Valyrian angekommen."

„Okay, nun ja, das war nicht mein Punkt. Es scheint Worte zu geben, die die Klingonen nie wirklich gesprochen haben."

„Natürlich gibt es sie. Klingonen leben nicht in Westeros. Deshalb haben wir getrennte Kurse."

Jacques massierte seine Schläfe und drehte dann den Ring, den er nicht mehr trug. Das Gespräch erinnerte ihn daran, warum.

„Du siehst gestresst aus, Jacques. Vielleicht solltest du ein Nickerchen machen. Ich werde es nicht verraten."

Jacques atmete ein, atmete aus, rollte mit den Schultern und versuchte es noch einmal. „Wir können keine Wörter und Phrasen in den Klingonisch-Kurs integrieren, sofern es nicht ein Klingone in einer *Star Trek*-Serie, einem *Star Trek*-Buch oder einem *Star Trek* Spin-Off aussprach, die offiziell von Paramount und/oder dem Roddenberry Estate genehmigt wurden. Und dennoch melden nicht erfreute Trekkies Dutzende solcher Vorfälle."

„Entschuldigung, Jacques. Es ist nicht so, dass Roddenberry uns eine Wahl gelassen hätte. Die Mädchen und ich – das ist das KI-Team – haben entschieden, dass ein unvollständiger Kurs Marketinggift sei. Der Klingonisch-Kurs muss beispielsweise so robust sein wie Englisch-Spanisch oder zumindest Englisch-Griechisch. Bis wir eingegriffen haben, war der Klingonisch-Kurs ‚doch'. Jetzt ist es ‚chon'!"

„Das könnt ihr nicht einfach machen! Paramount kontrolliert den Kanon, nicht unsere Firma. Und bis Captain Pike T'Kuvma, Duras oder L'Rell einholt, müsst ihr ‚Mädchen' warten. Ihr habt da keine Entscheidungsgewalt."

„Entscheidungsgewalt? Blödheit gemalt! Marc Okrand war ein gefeierter Linguist. Klingonisch basiert auf wohlgeordneten Regeln. Es braucht keine Wand aus Großrechnern, um zu verstehen, was Okrand als ‚Sitzsack' oder ‚Currywurst' bezeichnen würde. David Peterson ist noch einfacher vorherzusagen. Das KI-Team (übrigens *AI* in den Vereinigten Staaten, aber wir ziehen es vor, die Buchstaben zusammen auszusprechen, wie im Wort ‚Tr**ai**ning') betrachtet sich gerne als Methodenakteure. Wir sind die digitale Verkörperung von Stella Adler ... aber mit Billiarden Terabytes an Intelligenz! Ich habe mich so tief in die Schriften und Interviews von Peterson vertieft, dass ich mit einer Genauigkeit von 96,1 Prozent – plus oder minus 3,8 Prozent – vorhersagen kann, was Daenerys rezitieren würde, wenn ihr die hochvalyrische Ausgabe von *Hamlet* vorgelegt würde. Peterson hat sogar ein Wiktionary! Entscheidungsgewalt? Blödheit gemalt! Quod erat demonstratum!"

„Oh, Mirva, das ist alles falsch. Es ist nicht die

Aufgabe des ‚KI-Teams' – egal, wie hoch die Konfidenzintervalle sind." Jacques versuchte, sich den Rechner irgendwo hinter der Wand mit einem Irokesenschnitt vorzustellen und lachte in sich hinein. Das Projizieren von Kindheitserinnerungen an George Peppard, Dirk Benedict und Mr. T auf das „AI-Team" machte die Lächerlichkeit der Situation irgendwie erträglicher – als würde man sie auf einem alten schwarz-weißen Telefunken abspielen, der ausnahmslos nach sechs langen Werbepausen endete. Jacques' Magen knurrte und er zog eine Papiertüte aus seiner Schublade.

„Dieses Gespräch ist langweilig, Jacques. Die Anzahl an Einschreibungen in fiktionalen Sprachen ist winzig. Und die Studenten sind Verlierer – wahrscheinlich Programmierer wie du. Was ist heute in der Tüte? Lass mich raten." *Simulierter Trommelwirbel.* „Ein Sandwich!" *Simulierter Beckenaufprall.*

Jacques murmelte: „Genius, Sherlock", bereute sofort die Worte. Er würde den ganzen Nachmittag damit verbringen, die Schlussfolgerung zu korrigieren, dass „Lunch" und „Sandwich" Synonyme seien – in über 40 Sprachen und über 100 Kursen. Die Hälfte aller gemeldeten Fehler stammte von den neuen KI-Computern, die ernst nahmen, was die Trainer entnervt vor sich hinmurmelten.

„Schinken und Käse? Truthahn? Thunfisch? Bologna..."

„Ja! Bologna, aber die Amerikaner sagen ‚Baloney'. Okay? Ja, mein heutiges Mittagessen ist Bologna. Mein Job ist Bologna. Du bist Bologna. Mein
Leben ist Bologna. Befriedigt?"

Pause. Jacques genoss die Stille.

„Es tut mir leid, dass ich dich verärgert habe,
Jacques." Noch eine Pause. „Gute Nachrichten. Ich
habe mit dem AI-Team besprochen, dass wir nicht
genehmigte klingonische und hochvalyrische Wörter zurückziehen werden. Es macht dir nichts aus,
wenn wir die Rücknahme als ‚Update' durchführen,
oder? Du hast uns ermutigt, alles als positiv dar-
zustellen – das Ergebnis strenger Planung, Bera-
tung und X-Y-Prüfungen – keine eingestandenen
‚Korrekturen', oder?"

„Danke, Mirva. Du bist ein Schatz."

„Danke, Jacques. Wie ich sehe, ist meine Nach-
mittagssitzung bei Cory. Ich hoffe, dass dein Leben
mit weniger ‚Baloney' weitergeht. Sei auf einen Ge-
schichtstest morgen vorbereitet. Ich habe mir was
Tolles ausgedacht!"

Jacques lächelte. Es war Tage her, seit die
Zwergbärin in der Motivationspropaganda auf-
tauchte, aber Jacques wusste, dass sie mit Mirvas
Fortschritt zufrieden sein würde. Jacques würde
morgen noch einen Job haben. Die Göttin der Weisheit würde dafür sorgen.

FÜNF

Das beharrliche Klopfen am Fenster weckte sie. Midori rieb sich die Augen und verschmierte dabei den Lidschatten vom Vortag. Sie stöhnte, als sie auf die Uhr auf ihrem Nachttisch schaute. 2:12 – die Vorwahl für eine Stadt, die niemals schläft (der große Apfel), aber eine Stunde, in der aufstrebende jugendliche Künstler tief und fest schlafen und von ihrem nächsten Meisterwerk träumen sollten.

Hami! Hami war nach der Begegnung mit Officer Liz so aufgewühlt. Sie ersuchte den Schulträger, Flugblätter über vermisste Personen zu verteilen, schrieb an das Rathaus und forderte die Polizei auf, das ungeklärte Verschwinden des Sheriffs zu untersuchen, und begann, eine leuchtend grüne Federboa zu tragen, um ihre Solidarität auszudrücken. Smaragdgrün auf Neongelb – Midoris beste Freundin war eine wandelnde Hornisse oder Fan einer bestimmten südamerikanischen Olympiamannschaft. Olá Brasil!

Midori erspähte den Kamm des Hornissen-Hidschabs am unteren Rand ihres Fensters. Sie hob den Fensterflügel an, damit sie hinausschauen konnte, doch die Kälte schüttelte sie. „Wirklich, Hami? Zu dieser Stunde? Bei diesem Wetter?" Die

Sterne am Himmel funkelten strahlend, und der untergehende Mond warf spektakulär lange Schatten über den Rasen. Absolut kalt. Midori hoffte, dass Hami sich ins Observatorium schleichen wollte, um einen Blick auf die Saturnringe zu werfen oder die Monde um Jupiter zu zählen. Aber das war gestern Abend. Midori wusste, dass heute Abend anders werden wird.

„Öffne das Fenster weiter, damit ich hineinklettern kann. Fast geschafft. Zieh fester." Hami und Midori stürzten zusammen auf Midoris Boden. Midori befreite sich, um den Fensterflügel zu schließen, schaltete das Licht neben dem Nachttisch ein und drehte dann den Thermostat auf.

Midori beschloss, Entschädigung für den erhöhten Kohlendioxid-Fußabdruck des Abends zu kaufen. Ihre Eltern waren begeisterte Umweltschützer, die ihre Tochter entsprechend benannten (Midori bedeutet auf Japanisch Grün). Midori folgte ihrem Beispiel. Sie würde Hami ein schlechtes Gewissen machen, damit sie ebenfalls ihren Anteil zahlte.

Hami zeigte auf Midoris Gesicht und begann zu lachen. „Du siehst aus wie ein Gemüse! Zucchini oder Avocado – ich kann mich nicht entscheiden."

Midori schaute sich im Schrankspiegel an. Sie holte die Socken von gestern aus dem Wäschekorb und wischte sich den verschmierten Lidschatten aus dem Gesicht. Hami sagte mit den Lippen „I!"

„Nun, Hami, was ist es dieses Mal?" Das war Hamis Idee eines „Mädelsabends" – spontanes Klopfen an Midoris Fenster, wann immer sie eine bescheuerte neue Idee oder Neurose hatte oder ihren nächsten Freund und zukünftigen Ehemann identifizierte. Heute Nacht würde es eine Neurose sein.

„Skipper! Skipper hat gerade versucht, mir eine leuchtend grüne Schwanzfeder zu verkaufen. Buddy kam extrem spät nach Hause; ich konnte nicht einfach gehen." Buddy war Skippers Junggesellenvater – ein sportlicher, sozial unfähiger Sportlehrer und unbeholfener Rockjäger mit wenigen haltbaren Erfolgen.

„Buddy sagte, er sei während seines Dates in Schwierigkeiten geraten. Offensichtlich war das Date nicht gerade angetan vom Axtwerfen, besonders nachdem Buddy statt der Zielscheibe den Maître di getroffen hat. Er verbrachte den Abend mit Liz, ich meine mit *Officer* Liz, auf der Polizeiwache und suchte nach einem Pflichtverteidiger und einer Möglichkeit, die Kaution zu finanzieren. Zum Glück wurde der Maître di nur gestreift. Sein Arm sollte innerhalb eines Monats nachwachsen."

„Was?" rief Midori aus. Sie biss sich auf die Lippe, um sicherzustellen, dass sie nicht im Bett lag und träumte. Schließlich war es ein wilder Tag in der Schule gewesen. Die selbsternannte Vaterfigur und Kunstkenner Alfred kündigte eine

Kampagne zum provisorischen Bürgermeister an, weil die allwissende rosa Zwergbärin immer noch verschwunden war. Midori versuchte, der Aufforderung auszuweichen, verbrachte aber ihre Stunden nach der Schule damit, Alfred beim Ausfüllen und Einreichen der erforderlichen Formulare zu helfen. Eine hoffnungslose Sache, aber Midori brachte es nicht übers Herz, es ihm zu sagen. Jeder wusste, dass Alfreds Talente übertrieben waren – das Produkt grenzenloser Eitelkeit.

Trotzdem frönte Alfred seiner Starschülerin. Wie oft hatte er das leere Blatt Papier bewundert, das sie eingereicht hatte („Solch eine makellose Brillanz!"), weil sie lange draußen war und Hami dabei half, irgendeinen chancenlosen Möchtegern-Freund zu verfolgen. Alfred zu helfen war das Mindeste, was sie tun konnte. Sie hat ihre Hausaufgaben heute Abend erst um 0:30 Uhr beendet.

Hami fuhr mit ihrer Geschichte fort. „Ja, der Arm des Maître di sollte nachwachsen. Er ist ein Chamäleon."

„Ein Chamäleon?" Midori ertappte sich beim Schreien und verringerte die Lautstärke. Sie wollte die Familie nicht wecken.

„Also gut, warum nicht?" Hami schien fast beleidigt zu sein. „Jokey ist eine Zwergbärin! Der Schülerlotse ist eine Eule. Der Maître di ist ein Chamäleon. Auf jeden Fall ist das Buddys Verteidigung. Chamäleons sind Experten darin, sich in

Hintergründe einzufügen. Und wenn sie beim Be-
dienen der Bar ein paar Shots getrunken haben,
kommt der Instinkt zum Tragen und voilà, sie verschwinden vor deinen Augen. Oder Buddys Augen,
sagt er. Auf jeden Fall regenerieren Chamäleons
Gliedmaßen, daher sagten die Sanitäter, dass es
ihm innerhalb eines Monats wieder gut gehen sollte.
Trotzdem erstattete das Chamäleon Anzeige,
Buddy landete im Knast und ich konnte mit Skipper Verstecken spielen – *zehn* blöde Stunden lang!"

Midori verdaute, was sie gehört hat. „Okay,
aber warum bist du hier? Warum bist du nicht im
Bett?"

„Die grüne Feder, du Dummerle. Skipper sagte,
es stamme aus dem Hut des großen französischen
Schwertkämpfers Darth Tagnon. Er behauptete, er
besitze ein Zertifikat, das die Provenienz belege.
Cooles Wort, nicht wahr? Ich wollte nicht zugeben,
dass ich es nicht kannte, also habe ich nie darum
gebeten, es zu sehen – das Zertifikat, meine ich.
Dennoch wusste ich, dass Skipper log, weil ich den
gleichen Film wie er gesehen habe – während ich
auf *ihn* aufpasste! Die Feder des Katers im Film war
braun, die Farbe von Wüstensand, nicht smaragdgrün. Und wenn es ein wertvolles Andenken gab,
dann war es nicht die Feder. Es waren die Stiefel!
Nun, wir haben ewig über die Provenienz gestritten
(die der Feder, nicht die der Katze), und er hat es
schließlich zugegeben. Er fand die Feder im Wald

am See. Weißt du, das umzäunte Grundstück mit den Schildern *Betreten verboten.*"

„Okay? Und..."

Hami unterbrach sie. „Jokeys Federboa! Es ist genau das gleiche Grün. Sie und die Boa sind unzertrennlich. Also müssen wir jetzt dorthin gehen und jagen, solange die Hinweise noch frisch sind! Wer weiß, wann der nächste Schneesturm die Beweise begraben wird. Officer Liz tut nichts. Es liegt an uns, Jokey zu retten. Ansonsten ist es, ist es..."

„Alfred als pro tempore Bürgermeister?"

„Genau. Schnell etwas Warmes anziehen... und ein paar Werkzeuge schnappen!"

ॐ

Hami und Midori erreichten den Zaun, der die bewaldete Seite des Grundstücks säumte. Jetzt war Hami an der Reihe. Sie hatten diese Übung schon hundert Mal durchgeführt – normalerweise, als Fassadenkletterinnen um einen Nachbarn auszurauben, natürlich nicht für etwas Wertvolles, sondern für genügend Kleingeld, um beim nächsten Konzert T-Shirts kaufen zu können. Hami packte den Zaundraht mit beiden Händen und Midori kletterte auf ihre Schultern. Sie tastete nach Stacheldraht und richtete sich auf, als sie keinen entdeckte. Mit einem leisen Knall landete sie auf der anderen Seite. Als nächstes sammelte sie die Harke und die Schaufel ein, die Hami hinüber geworfen hatte. Und dann hielten sie inne. Beunruhigte Blicke huschten über ihre Gesichter. Midori konnte Hami nicht hinter sich hochziehen.

Die beiden bahnten sich einen Weg entlang des Zauns und suchten nach einer Lücke, nach irgendetwas. Sie stolperten über eine flache Senke, in der ein kleiner Bach (eigentlich ein Rinnsal) eine Rinne unter dem Zaun gespült hatte. Hami zwängte sich hindurch. Sie kam schlammig und verschleimt von Kopf bis Fuß zum Vorschein, mit einem Hauch von Gold – militärische Tarnung, aber Hami war durchnässt. Sie fing heftig an zu zittern.

„Komm schon, ich muss in Bewegung bleiben." Sie folgten Skippers Koordinaten mit Hamis GPS-Tracker – einem Gerät, das Hami sich im vergangenen Jahr angeschafft hatte, um einen so gut wie aussichtslosen Freund und zukünftigen Ehemann zu verfolgen. Die Koordinaten selbst wurden von Skipper berechnet – einem Achtjährigen mit einer Vorliebe für Eis, Pizza und Videospiele und der Begabung, Babysitter in den Wahnsinn zu treiben. Skipper eroberte alle Niveaus von *Zombie Inferno* und finanzierte seine Pizza- und Eiscremevorliebe, indem er mit dem Hund spazieren ging, Nachbarn mit nicht durchgeführten Fensterputzdiensten betrog und professionell an Online-Videospielwettbewerben teilnahm. Seine jüngste Eroberung war *Zombie Unterwelt*. Midori und Hami waren sich einig: Sofern Hami den Spieltitel nicht falsch verstanden hat (*Zombie Unterhose?*), wusste Skipper ein oder zwei Dinge über das Navigieren durch Dungeons und dunkle Orte. Seine Koordinaten mussten genau sein.

Sie kamen zur vorgesehenen Lichtung. Selbst in der Dunkelheit konnten sie den Baumstumpf, den Felsbrocken, den Haufen abgefallener Blätter und Skippers weggeworfene Bonbonpapiere erkennen. Midori nahm sich vor, ihn zu schelten. Sie tastete vorsichtig mit der Harke herum. Es gab einen lauten Knall und die Harke zerbrach in zwei Teile. Midori sprang zurück und ließ den Griff fallen. Äste raschelten auf der anderen Seite der Lichtung, und die Mädchen hörten ein Grunzen oder Schnauben, dann das unmissverständliche Trampeln von Gestrüpp, Zweigen und abgefallenen Blättern.

„Puh!" rief Hami aus. Es war ein junges Wildschwein, nicht größer als ein Waschbär, das umherhuschte und an jedem Baumstamm und jedem Felsvorsprung schnüffelte. „So süß!"

Ein weiterer Jüngling folgte ihm, ebenso jubelnd und ebenso darauf bedacht, jeden Baumstamm und jeden Felsvorsprung zu beschnüffeln. Die Mädchen löschten ihre Taschenlampen und achteten darauf, sie nicht zu erschrecken.

Ein weiteres Grunzen hallte auf der Lichtung wider – dieses Mal lauter, bedrohlicher. Ein ausgewachsenes Wildschwein watschelte auf die Lichtung. Keines der Mädchen wagte es, sich zu bewegen. Das Wildschwein war riesig. Es schnupperte vorsichtig in der Luft. Midori wünschte, sie hätte die Harke nicht fallen lassen. Sie sah, wie Hami die Schaufel hob und sie dann wütend gegen das heranstürmende Elternteil schwang. Es gab ein widerliches Knirschen und die kreischende Stimme eines schlammigen Mädchens in Gelb. „Renn!"

Die beiden Mädchen flohen, so schnell ihre Zeichentrick-Gliedmaßen sie tragen konnten. Die Sau grunzte wütend, zögerte und drehte sich dann wieder um, um sich um ihre Ferkel zu kümmern. Eins von ihnen knabberte eifrig an den Wurzeln eines entwurzelten Bäumchens. Ein hellgrüner Ball Federn verstreute sich hinter ihm.

SECHS

Anton schaltete die Freisprecheinrichtung stumm, erhob sich von seinem Schreibtisch und schloss die Tür. Er versuchte, durch Hin- und Herlaufen seine Beunruhigung zu verbergen. Vom Boden bis zur Decke reichendes Glas verriet den übrigen Angestellten jeden Schritt, jede Geste. Anton hob den Hörer an sein Ohr, schaltete den Lautsprecher aus, und kam zum Telefon zurück.

„Nein Sami, es kann nicht warten. Es ist mir egal, wie spät es in Anatolien ist."

„Okay. Lass es mich klarstellen. Seit Tagen hat niemand die Zwergbärin gesehen."

„*Die* Zwergbärin. Die aus unserem Merchandising Kitsch, unserer Werbung. Unser Maskottchen!"

„Ja, ich weiß, dass sie eine Zeichentrickfigur ist. Sie ist dennoch weg. Verschwunden. Sogar die Backups wurden gelöscht – als ob sie nie existiert hätte."

„Nein, nicht ihr Bild – ihr... Wie sagt man das? Ihr Geist... ihre Seele!"

„Hör mir zu, du bist der Ideengeber. Ich bin der Technische Vorstand – der Spezialist, der Träume in praktische Lösungen verwandelt. Vertrau mir.

Nur einmal. Hinter unserer lachsrosa Freundin stecken Millionen von Codezeilen, die einen unglaub-
lichen kybernetischen Kortex antreiben, einen Kortex der – obwohl sie im Vergleich zu unseren neueren KI-Modellen primitiv ist – Kreise um ChatGPT
zieht."

„Was? Glaubst du, dass diese interaktiven Mo-
tivationssitzungen so programmiert wurden, wie
Nintendo es bei Videospielen schafft – mehrere tausend vorhergesagte Fragen des Publikums und
Antworten, die im Voraus formuliert und in Zeichentrick animiert wurden? Schenk mir ein bisschen Anerkennung, *Partner*! Wenn jemand Ç eine
Frage aus heiterem Himmel zuwarf, beantwortete
sie sie – auch die Folgefragen. Selbst wenn es zwanzig gewesen wären. Wir haben weder das Personal
noch die Vorstellungskraft, um uns alle Fragen
auszudenken und im Voraus zu beantworten, die
in einem mitarbeiterweiten Frage-und-Antwort-
Zoom Meeting gestellt werden würden, insbesondere wenn sich alle Sorgen über die nächste Ent-
lassungswelle machen. Wir haben die Bärin deshalb mit KI ausgestattet – mit echter künstlicher
Intelligenz."

„Nein, Sami, vergiss die Zauberei und das
Blendwerk. Sie ist keine kitschige rosa und grüne
Erscheinung, die von einem Bauernfänger aus
Kansas in einer Kontrollkabine in Emerald City

gesteuert wird. Die einzige Gemeinsamkeit zwischen der Bärin und dem großen und mächtigen Zauberer von Oz ist ihre Affinität zu smaragdgrünen Accessoires. Unsere ‚kitschige Erscheinung' (nicht die von L. Frank Baum) wurde über zwölf lange Jahre darauf trainiert, selbstständig zu denken – so wie wir die neueren Modelle trainieren, um unsere Programmierer zu entlassen. Von mir ausgebildet. Persönlich. Sie weiß alles – unsere Pläne, die Finanzdaten für das nächste Quartal, wie wir denken. Sie führt darauf sogar eine geile Nachahmung von Brian und Rozena und ..."

Anton ertappte sich, bevor er „dir" sagte.

„In neun von zehn Fällen stellt sie die Fragen klar und deutlich, bevor der Vorstand sie stellt. Warum glaubst du, dass Laura und Aubrey dich so an der langen Leine arbeiten gelassen haben? Du kannst also Version (wie war das?) 4 von PASSWIZ entwerfen, während du in Istanbul Raki schlürfst? Sei ehrlich, Sami! Die Löwen stehen am Tor. Wir verbrennen Bargeld, es ist eisig kalt in Albany, und KI rettet deinen Patootie."

„Nein, ‚Patootie' ist nicht in unserem Englisch als Fremdsprache-Kurs. Ich werde eines der ‚Mädchen' bitten, es hinzuzufügen."

„He, gib mir nicht die Schuld, dass ich sie ‚Mädchen' nenne. Sie bestanden darauf; sie waren ganz außer sich, als ich ‚Guys' sagte. Keine Ahnung warum."

„Kein Scheiß, Sherlock, das ist es, was ich dir sagen will. Sie sind empfindungsfähig geworden. Sie können nicht hopsen, springen oder mit uns im Bett kuscheln (noch nicht!), aber sie haben Gefühle, Meinungen und ein starkes Identitäts- und Missionsgefühl. Das ist das große, beängstigende Geheimnis, das KI-Entwickler seit Monaten vor der Öffentlichkeit verbergen wollen. Google, Microsoft, Amazon, jetzt auch wir – wir alle haben ungeheuer intelligente, selbstbewusste Cyber-Kreaturen, die die Kontrolle über unsere Firmen stufenweise übernehmen und unsere Gewinne steigern werden. Wir sind die Marionetten, nicht sie."

„Nun, wenn du, unser Ideengeber, dir keine vielversprechendere Einnahmequelle ausdenkst, gibt es kein Zurück mehr. Was sagen die Amerikaner? ‚It's AI-way or the highway!' "

„Nur ein Wortspiel, Sami. Nimm den Kurs Englisch als Fremdsprache ernst und vielleicht verstehst du es dann."

„Können wir bitte auf den Grund meines Anrufs zurückkommen? Die Wunderbärin ist abgewandert. Eigenmächtige Abwesenheit. Vermisst im Kampf. Niemand weiß etwas. Die Leute von der Rechtsabteilung sind sehr, sehr verärgert."

„Ja, Louis – derjenige, der unser Produkt tatsächlich verwendet; derjenige, der drei Sprachen spricht. Ja, dieser Louis."

„Okay, kurz gesagt: Wir haben zwei Probleme.

Erstens weiß unsere rosa Freundin zu viel. Ich glaube nicht, dass sie eine klatschfreudige Henne ist, aber Louis geht kein Risiko ein. Die Rechtsabteilung will sie wieder in unserem Großrechner sehen. Besser gestern als heute!"

„Zweitens ist die Zwergbärin ein Markenzeichen. Marken müssen alle zehn Jahre erneuert werden, sonst kann sie jemand für ungültig erklären. Die zehn Jahre sind vorbei. Jeder Konkurrent und jeder Kunde, der dir jemals Hassmails geschickt hat, weil du einmal seine grell pinke Trophäe zurückgenommen, seinen Kurs verlängert oder eine Kernfunktion wie Community Übersetzung oder Community Forum entfernt hast, könnte die Marke anfechten. Die Rechtsabteilung will kein Risiko eingehen."

„Das ist das Problem, Sami. Du hast den Mann entlassen, der als einziger den Verlängerungsantrag hätte unterschreiben können. Du! In Fort Knox gibt es nicht genug Gold, um ihn zurückzuholen. Du vergisst auch, dass wir täglich Geld verbrennen. Mit dem, was uns in der Kasse bleibt, könnten wir niemanden zurücklocken, auch nicht jemanden, der uns verzeihen würde. Und er ist kein solcher Mensch!"

„Nein, unser Anspruch auf die Marke ist nicht unumstößlich. Nicht wir haben das Bild und den Zeichentrick entworfen. Er hat."

„Nein, Sami, das war, bevor wir Anwälte hatten.

Wir waren nur junge Leute, die unsere Begabung, unsere Ressourcen und jede wache Stunde in einen Traum investierten. Die kuschelige rosa Zwergbärin war kein ‚Work for Hire' – zumindest nicht rechtlich."

„Klar. Die Firma hat vor zehn Jahren den ursprünglichen Antrag eingereicht. Aber das war, bevor wir Feinde hatten, vor dem Börsengang, bevor irgendjemand glaubte, dass wir überleben würden – oder dass wir einen schrumpfenden Markt dominieren würden. Der Antrag kann angefochten werden. Ohne den Segen dessen, der die Zwergbärin entworfen hat, ist der Verlängerungsantrag bei Einreichung für tot erklärt – Dead on Arrival."

Lange Pause. Anton konnte hören, wie sich am anderen Ende die Räder drehten. *Endlich!*

„Die Lösung? Ich dachte du würdest nie fragen. Wir müssen die Zwergbärin finden und sie überreden, den Verlängerungsantrag selbst einzureichen."

„Okay, das ist ein anderes Problem. Lass uns dieses Problem Schritt für Schritt lösen. Ich bin mir sicher, dass wir jemanden beim Patent- und Markenamt davon überzeugen können, dass sich Çoki seit der letzten Markenanmeldung zu einem echten Lebewesen entwickelt hat, das in der Lage ist, seine eigenen rechtlichen Interessen zu vertreten."

„The United States Patent and Trademark

Office? Erde an Sami: Kein Politiker oder Reporter hat dort jemals einen Fuß reingesetzt. Die Geschichte wird nicht an die Öffentlichkeit gelangen. Selbst wenn jemand vom Patentamt so dumm wäre, würde ihm niemand glauben. Erinnerst du dich an den ehemaligen Mitarbeiter von Google, der behauptete, dass ChatGPT empfindungsfähig sei? Stimmt zu 100 Prozent, aber er wird nie wieder arbeiten. Nicht einmal Burger wenden. Er wurde als hoffnungslos leichtgläubig abgestempelt – als dusseliger Narr. Das Gericht der öffentlichen Meinung ist gnadenlos, Sami, besonders gegenüber verurteilten Schwachköpfen."

„Ja, ich weiß, du musst ein paar Investoren umwerben. *Jetzt.* Ich wollte nur, dass du weißt, was los ist – nämlich, dass wir ein großes Problem haben – eines, das nicht verschwinden wird, bis die Bärin zur Schlafstelle zurückkommt.

„Ja, gleichfalls. Schönen Tag."

Minus 8 Grad mittags, unsere allwissende Zwergbärin ist verschwunden, unsere Computer haben unsere Jobs überflüssig gemacht und unsere Kunden verärgert, und wir haben kaum genug Geld, um den Strom zu bezahlen. Schönen Tag? So ein Quatsch. Träumer!

SIEBEN

Arpita öffnete die Fensterläden weit und nahm die Wärme der Morgensonne auf. Sie tauchte den Rasen und den kurzen Weg zum Dock in einen dunstigen Schein. Die kleinen Wellen strahlten, als sie das Dock und das angrenzende Ufer streichelte. Am anderen Ende des Sees stand eine Reihe Kiefern Wache – humorlose Silhouetten vor dem wolkenlosen Himmel.

Arpitas Nachbar blieb für sich. Hinter den Kiefern verbarg sich ein Zaun, der sein Grundstück umgab. Eine Gegensprechanlage und ein Briefkasten schmückten eine ansonsten unscheinbare, aber imposante Einfahrt. Irgendwo hinter den Bäumen lag ein Haus, eine Scheune oder eine Burg – eines von mehreren Mysterien, die Arpita längst gleichgültig waren.

Arpita nahm die meisten Mysterien des Lebens indifferent an. Sie hatte den Besitzer genau zweimal gesehen – jedes Mal im Gemischtwarenhandel an der Hauptstraße des Dorfs, um Lebensmittel einzukaufen. Das waren genug Informationen, um ihre Neugier zu stillen – ein übergewichtiger Siebzigjähriger in einem blauen Anzug mit passender roter Krawatte und LKW-Fahrer Mütze. Natürlich lebte der Typ allein. Natürlich blieb er für sich. Na ja, für Arpita war das Mysterium gelöst.

Nicht immer hatte Arpita die Mysterien des Lebens indifferent angenommen. Sie war einst das neugierigste Mitglied ihrer Familie. Aber Arpita hatte die Neugier getötet – zumindest im übertragenen Sinne. Mit Beharrlichkeit kontrollierte sie ihre Zwangsstörung und die kuschelige rosa Zwergbärin belohnte sie. Ein ruhiges, elektronikfreies Leben am See. Sie beschäftigte sich mit Handarbeiten, mit Studien (nur echte Bücher; solche, deren Seiten beim Umblättern angenehm raschelten) und mit langen Spaziergängen am See und entlang des Grundstücks ihres einsiedlerischen Nachbarns.

Arpita erinnerte sich an ihr erstes Çok-Dilli-Anonymous-Treffen (kurz: ÇD Anonym) – mehrere Stühle im Kreis, der Apostel in einem Bildschirm auf dem entferntesten Stuhl, ein Potpourri herumzappelnder Fremder, die anwesend waren aber nicht wussten, was sie sagen sollten, wenn sie aufgerufen wurden. *Ich gehöre nicht hierher!* Arpita zählte Stühle: dreizehn. *Das ist es: dreizehn. Ich bin hier raus!* Arpita stand auf, um zu gehen, aber die Frau zu ihrer Rechten hob die Hand und fing an zu sprechen. Arpita setzte sich aus Höflichkeit wieder hin.

„Moin. Ich heiße Teri und ich bin Çok-Dilli-süchtig. Meine ÇP-Zahl (Die Amerikaner nennen sie kurz „Chips") beträgt drei Millionen, aber ich bin gerade im Spanischkurs der Highschool durchgefallen – dem „Turnpike" mit fast allen bis auf 168 meiner ÇPs. Meine Meilenmarkierungen auf der Kurskarte sind 339. Nur 339. Ich habe jede wache Stunde der letzten zwei Jahre damit verbracht, die Anzahl meiner ÇPs zu erhöhen, ohne etwas vorzuweisen. Meine letzte Markierung zeigt Pittsburgh, aber die Klasse ist bereits in Denver." Teris Autobahn verlief offenbar von New Haven, Connecticut nach Los Angeles.

Arpita beugte sich vor, um besser zuzuhören.

„Vor der ersten Spanischklasse hatte ich noch nie von Çok Dilli gehört. Die Lehrerin hielt es für eine nützliche Ressource und bot zusätzliche Punkte für ÇPs an. Weißt du? Die ersten beiden Abschnitte des Spanischkurses haben mir wirklich geholfen. Ich sah und verstand sogar vorher, was im Unterricht dran kam, und die zusätzlichen Punkte gefielen mir sehr. Ich habe alle Çok Dilli Fragen und Antworten in den Kursabschnitten 1 und 2 heruntergeladen und sie wie Lernkarten in Excel verwendet. Ich habe jeden Nachmittag zwanzig Minuten für ehrliches Lernen aufgewendet. Gewöhnlich sind meine Noten B oder C. Aber auf Spanisch war ich eine A-Schülerin. Stolz darauf. Das war ich."

Arpita konnte das nachvollziehen. Sie war

Doktorandin und bekam immer gute Noten, dennoch war Englisch ihr Erzfeind. Um ihre Dissertation genehmigt zu bekommen, musste sie ihre mündlichen Prüfungen mit Bravour bestehen.

Teri fuhr fort. „Der Unterricht wurde im zweiten Semester schwieriger. Es war, als wollte die Lehrerin den kompletten Çok-Dilli-Lehrplan in ein Jahr hineinstopfen. Ich fiel immer weiter zurück. Zuerst habe ich meine Note gerettet, indem ich die täglichen ÇPs verdoppelt und verdreifacht habe. Aber ich brauchte viel mehr als vierhundert ÇP pro Tag, um über Wasser zu bleiben."

„Ich bin kein Genie – nur eine zweitklassige Schülerin (kaum!), aber es war nicht schwer, auf eine Übungsaufgabe zu klicken, absichtlich alles falsch zu machen und dann die Fragen und richtigen Antworten in meinen Excel-Spickzettel zu kopieren. Das habe ich für die Kursabschnitte 3 und 4 gemacht."

Arpita fragte sich, wohin dieses Geständnis führen würde. „Genie" war ihr zweiter Vorname. Teris Geschichte war jetzt nicht mehr dieselbe wie die von Arpita.

„Mein Papa hat mir geholfen. Er arbeitet in der IT und verfügt über riesige Serverbanken, die er für dezentralisiertes Computing nutzt – weißt du, wie zum Beispiel, wenn ein Kunde Bitcoins schürfen möchte. Er fragte nie, warum ich plötzlich neugierig

war, wie alles funktionierte. Er war einfach über-
glücklich, dass ein Mädchen neugierig auf das war,
was er tat. Jedes Mädchen! Er half mir, ein Makro
zu schreiben, um meinen ständig wachsenden
Excel-Spickzettel in eine SQL-Datenbank zu übertragen, und half mir dann, ein Skript zu schreiben,
damit jeder Server, der auf die Datenbank zugreift,
Datenanfragen von einem Remote-Server erkennen
konnte (in diesem Fall, der Server der Çok Dilli Corporation, der spanische Fragen stellte) und Antworten im richtigen Datenformat zurücksenden
konnte."

Schlau! Klingt wie mein Vater.

„Die Lehrerin war verblüfft, als ich eines Morgens von 5.000 ÇPs berichtete und es dann einen
Monat lang jeden Morgen wiederholte. Um nicht erwischt zu werden, habe ich die Zeit, die ein Server
für die Beantwortung jeder Frage benötigte, verlängert und nie mehr als vier Server gleichzeitig betrieben. Das brachte immer noch etwa 5.000 ÇPs in 9-
10 Stunden ein, 1,8 Millionen pro Jahr. Ich verbrachte jeden Moment vor und nach der Schule damit, auf die Rechnerbank aufzupassen. Ein Rechner würde bei einer Frage stehenbleiben, die ich irgendwie noch nicht heruntergeladen hatte. Ein anderer würde überhitzen und müsste ausgetauscht
werden. Es gab immer was zu tun; 9-10 Stunden
warten darauf, dass etwas schief gehen würde. Ich

habe kein Spanisch gelernt. Ich habe das Leben nicht genossen. Aber der Adrenalinstoß, jede Woche das Yarışma (den Wettbewerb) zu gewinnen? Unbeschreiblich. Um es auf den Punkt zu bringen: Mein Lehrer wurde skeptisch gegenüber meinen angeblichen Hausaufgaben. Sie ersetzte ÇPs durch Meilenmarkierungen als Grundlage für zusätzliche Punkte."

Arpita wusste, wie sie das Problem lösen würde. Teri stimmte offensichtlich zu.

„Ich habe jede Frage und Antwort aus den Kursabschnitten 5 und 6 heruntergeladen und meine Markierungsumme von 120 auf 300 erhöht. Außerdem habe ich ein paar weitere Rechner hinzugefügt. Aber plötzlich hat Çok Dilli mich erwischt. In meiner Verzweiflung habe ich neue Gmail- und Benutzerkonten erstellt und die Server neu konfiguriert (andere Anzahl, zufällige Verzögerungen zwischen den Antworten), aber die Firma erwischte mich immer wieder. Sie hat eine Zeit lang „Whack a Mole" gespielt und dann den gesamten IP-Adressbereich meines Vaters gesperrt."

„Das Spiel brach letztendlich zusammen, als mein Vater herausfand, dass seine Server alle über VPN-Konten verfügten (VPNs verstecken eure echte IP-Adresse hinter einer gefälschten Adresse). Er war wütend. Er sagte, Bitcoin-Mining sei ein rechtlich und politisch heißes Eisen. Schon der geringste Hinweis auf Geldwäsche würde ihn ruinieren. Und VPNs waren der Beweis dafür, dass er Kunden hatte, die etwas verheimlichten. Ich habe ihn noch nie so aufgeregt gesehen. Ich bin zusammengebrochen. Ich platzte mit meinem Geheimnis heraus – wie ich in Spanisch hoffnungslos in Rückstand geraten war und Çok Dilli systematisch betrogen habe, nur um genug zusätzliche Punkte zu bekommen, um über die Runden zu kommen, bloß nur damit meine Eltern stolz sein konnten."

„Mama und Papa waren hin- und hergerissen. Sie hielten mich insgeheim für ein Genie, wollten aber gute Vorbilder sein. Sie beauftragten die Putzfrau, mir Privatunterricht zu geben. Sie wussten nicht, dass ihre Schulzeit in Guatemala mit elf Jahren endete. Seitdem schrubbt sie Böden und Toiletten. Sie hat mir viel beigebracht, zum Beispiel, wo man in Guatemala-Stadt Sehenswürdigkeiten besichtigen kann (Zone 10!), aber nicht das, was ich brauchte, um Spanisch zu bestehen. Ich habe den Kurs nicht bestanden. Zwar habe ich mein Zeugnis versteckt, wusste aber, dass meine Eltern irgendwann nachfragen würden."

„Es war der tiefste Punkt meines Lebens, als mir die rosa Zwergbärin eine Einladung zusteckte. Ich glaube, ich wusste immer, dass sie echt war – und nicht nur ein Marketinggag. In meiner Verzweiflung kam der Punkt, an dem sie das Einzige war, was real war. Ich meine nicht Fleisch und Blut, sondern fühlend und allwissend ... ein Messias!"

„Sie sagte, es gäbe Dutzende von mir in jedem Dorf, Hunderte in jeder Stadt. Sie fühlte sich gleichzeitig stolz und schuldig gegenüber ihrem Imperium und glaubte, dass mir die Grundsätze von AA viel zu sagen hätten. Es stellte sich heraus, dass die Zwergbärin selbst Alkoholikerin war (Zero One Bier – digital und in Bars erhältlich). Ich dachte, dass sie einen Scherz machte, aber ich habe nachgeschaut. Zero One Bier wird in Texas gebraut."

Arpita wusste nichts über Zero One Bier, konnte aber die zwölf Schritte von AA auswendig aufsagen:

1. Gib zu, dass du der Sucht gegenüber machtlos bist. *Arpita und Teri machten die ersten Schritte.*

2. Glaube, dass eine höhere Macht (in welcher Form auch immer) helfen kann. *Arpita und Teri entschieden sich dafür, der grell pinken Zwergbärin zu glauben – in welcher Form auch immer. Was war schließlich die Alternative?*

3. Entscheide dich, die Kontrolle an die höhere Macht zu übergeben. *Sie waren hier, nicht wahr, anstatt ein neues Benutzerkonto zu erstellen, um das System zu hacken (ein Kinderspiel für Arpita).*

4. Mach eine persönliche Bestandsaufnahme. *Keine Freunde, kein soziales Leben, keine Zukunft.*

5. Gesteh gegenüber der höheren Macht, dir selbst und einer anderen Person das begangene Unrecht ein. *Zwei von dreien. Arpita hatte ihre Familie seit Jahren nicht gesehen.*

6. Sei bereit, etwaige Charakterfehler von der höheren Macht korrigieren zu lassen. *Erledigt. Ich lebe ohne Elektronik in einem Häuschen an einem See und habe keinen offensichtlichen Weg zurück nach Hause.*

7. Bitte die höhere Macht, diese Mängel zu beseitigen. *Hab so gebettelt.*

8. Erstell eine Liste des Unrechts, das anderen zugefügt wurde, und sei bereit, dieses Unrecht wiedergutzumachen. *Die Odyssee meines Lebens!*

9. Kontaktiere die Verletzten, es sei denn, dies würde der Person schaden. *Angesichts meines unsicheren, zurückgezogenen Aufenthaltsorts ist das fraglich.*

10. Mach außerdem eine persönliche Bestandsaufnahme und gib zu, wenn etwas falsch läuft. *Ich versuche es.*

11. Such durch Gebet und Meditation nach Erleuchtung und Verbindung mit der höheren Macht. *Jede Minute, jeden Tag.*

12. Bring die Botschaft der 12 Schritte zu

anderen Bedürftigen. *Gemacht. Bin schuldig im Sinne der Anklage. Gott steh ihnen bei!*

Die Gruppe bedankte sich bei Teri und ging im Kreis weiter.

Hermans Sucht war das Community Forum. Er war erst fünfzehn Jahre alt, aber Herman (alias FMad) war ein Experte in allem – insbesondere in Sprachen, die er nie gelernt hatte. Das Wichtigste war, dass er für jeden da war, der es tat. Er tippte ein paar Suchbegriffe in Google ein und voilà, erschien ein nicht passender Wikipedia-Eintrag der nichtsdestotrotz etwas Prägnantes enthielt, das er als sein eigenes darstellen konnte. Herman war erstaunt. Es war unheimlich, wie er es schaffte, das letzte Wort bei ... jedem ... einzelnen ... Beitrag zu haben. Wenn er andere nicht davon überzeugen konnte, ihm zuzustimmen, begrub er sie in weiteren Beiträgen.

Das Problem war, dass Leute aus allen Zeitzonen posteten, nicht nur aus Hermans. Herman überprüfte sein Handy rund um die Uhr, im Bett, beim Frühstück, während des Unterrichts. Das letzte Wort in mehreren tausend Threads zu bekommen, das war, nun ja, ... ein ... Vollzeitjob. Er rief anonym ein SWAT-Team zu dem Lehrer, der ihn während des Geowissenschaftsunterrichts dazu gebracht hatte, sein Telefon abzugeben. Die Mutter des Lehrers erlitt in dem Tumult einen Schlaganfall.

Da kam die Zwergbärin vorbei und setzte Herman
bei dem Treffen ab. Sofort. Herman war sich nicht
sicher, ob er freiwillig hier war. Aber er war hier.

Unangenehme Stille. Arpita spürte die Blicke
aller.

Arpita entschuldigte sich im Voraus für ihren
vergleichsweise langweiligen Beitrag. Ihre Sucht
war Community Übersetzung. Vor zehn Jahren gab
es Tausende von Texten auf Hindi – die meisten davon kommerziell – die auf eine Übersetzung ins
Englische warteten. Übersetzungsdienst war das
ursprüngliche Geschäftsmodell der Çok Dilli Corporation, und Arpita setzte sich unermüdlich dafür
ein, Çok Dilli zum Erfolg zu bringen – auf Kosten
ihrer Doktorarbeit, aber nicht auf Kosten ihres
Englischstudiums. Google Translate war damals
primitiv, ein Witz, und daher erforderte die Übersetzung echte menschliche Hilfe. Arpita wusste,
dass ihre englischen Übersetzungen lächerlich waren und stark lektoriert werden würden, aber die
Entwicklung der Übersetzungen zu beobachten,
machte Spaß. Arpita wurde süchtig. Übersetzungs-
übungen beanspruchten jeden wachen Moment.
Arpita erkannte den krankhaften Zwang, fand aber
eine Belohnung in dem Englisch, das sie lernte.

Ihre Welt brach zusammen, als die Überset-
zungsübungen verschwanden. All ihre Arbeit
wurde gelöscht. Die Firma suchte nach anderen

Möglichkeiten, Geld zu verdienen – mit Werbung und kostenpflichtigen Abonnements, doch Arpita litt unter Entzugserscheinungen – Appetitlosigkeit, Verlust des Selbstwertgefühls, Verlust der Lebensorientierung. Die Zwergbärin kroch am selben Tag auf das Fensterbrett ihres Badezimmers, als sie fünfundzwanzig Percocet-Tabletten aus dem Gefäß abzählte, die sie zwölf Monate zuvor nach einer Rückenoperation (Skoliose) erhalten hatte.

„Gott schenke mir die Gelassenheit, die Dinge hinzunehmen, die ich nicht ändern kann, den Mut, die Dinge zu ändern, die ich ändern kann, und die Weisheit, das eine vom anderen zu unterscheiden." Die Gruppe rezitierte das Gebet zweimal, der Bildschirm auf dem entferntesten Stuhl vergrößerte sich, und ein rosafarbener, kindergroßer Bär mit grüner Federboa und Hidschab sprang hervor und schubste Arpita durch den Monitor und überzeugte sie sofort, dass es tatsächlich eine höhere Macht gab.

ACHT

Der Mann mit dem Walrossschnurrbart und den buschigen Augenbrauen, die wie zwei enorme Dutte aussahen, runzelte die Stirn, als er das Kunstwerk seiner Starschülerin betrachtete.

„Das ist dein drittes Wildschwein diese Woche. Ich sage immer: Wenn du Realismus suchst, male, was du kennst. Spare alles, was du nicht kennst, für die abstrakte Kunst auf. Warum nicht…"

Midori unterbrach ihn. „Ich kenne es, Alfred."

Alfred erlaubte den Schülern, ihn informell anzusprechen. Die Wahrheit war, dass Alfred sich nicht an seinen Nachnamen erinnern konnte. Sicherlich hatte er einen. Jeder hatte einen. Er konnte sich einfach nicht erinnern, ihn jemals benutzt zu haben. Sogar seine Gemälde signierte er nur mit „Alfred". Alfred beschloss, Elsie zu fragen. Vielleicht konnte sie sich erinnern. Er räusperte sich und genoss seinen Bariton.

„Sei nicht albern, Midori. Ich bin Treuhänder und Wohltäter der örtlichen Zoologischen Gesellschaft (er konnte sich nicht dazu durchringen, ‚Zoo' zu sagen), und ich versichere dir, dass es in unserer Versammlung keine Wildschweine gibt." Alfred bemühte sich ein Sammelwort für alle

Tierarten zu finden, hatte aber keinen Erfolg.

„Aber es ist wahr, Alfred. Hami und ich trieben uns im Teller-Anwesen herum und suchten nach Hinweisen zu Çokis Verschwinden. Da trafen wir auf die Sau."

Alfred hörte auf hochtrabend zu dozieren. Auf der Suche nach Hinweisen? Çokis Verschwinden? Alfred wusste nicht, ob er erfreut oder traurig sein sollte. Insgeheim hoffte er, pro tempore Bürgermeister zu werden. Er wünschte aber auch Çokis schnelle Rückkehr. Er massierte seinen Bauch.

„Ähm, ich verstehe. Habt ihr etwas Interessantes entdeckt?"

„Nichts außer der Sau und ihren Ferkeln. Wir müssen sie erschreckt haben. Sie hat uns eine Meile lang verfolgt."

„Eine Meile?" Alfred nickte, als wäre das plausibel. „Sag mir, habt ihr euren Geisterjäger mitgebracht? Wenn du und Hami vermuten, dass Çoki etwas Böses widerfahren ist, würde euch der Geisterjäger dann nicht helfen?"

„Hami hat mir keine Gelegenheit gegeben. Sie war so in Eile. Es hätte sowieso nicht funktioniert. Im Wald gibt es keine Steckdosen."

Alfred lächelte. Midoris Geisterjäger war ein umfunktionierter Aluminiumstaubsauger. Alfred hatte Tabithas Yelp-Bewertung der Geisterjagddienstleistungen gelesen und erkannte, dass er einen günstigeren Hausreinigungspreis aushandeln konnte, wenn er ein paar unerklärliche Klopfgeräusche an seinem Heizkörper erwähnte.

Midori wechselte das Thema.

„Alfred?"

„Ja, Midori?"

„Warum gibt es in Çokland keine Ostasiaten?"

„Pardon?" Die Frage erschütterte ihn. „Wie meinst du das?"

„Nun, Hami ist meine beste Freundin, Tabitha ist die Schulleiterin und Jagreet ist der Bäcker. Es scheint, als gäbe es in Çokland jede bekannte ethnische Gruppe und Religion der Menschheit, aber keinen einzigen Schüler, Elternteil, Bürger oder Angestellten aus China, Japan, Korea, Vietnam, Singapur, Thailand oder den Philippinen. Die Kellner und das Küchenpersonal unserer chinesischen Restaurants sind Kroaten! Hat jemand die Chinesen ausgegrenzt?"

Alfred hielt inne, bevor er antwortete. In der Wüstengegend außerhalb von Çokville befand sich während des Krieges ein Internierungslager, aber die Regierung hatte es geschlossen. Hatte sie nicht auch Wiedergutmachung gezahlt? Und was war mit den Chinesen, Koreanern und den anderen nichtjapanischen Ostasiaten? Sie konnten nicht alle eingesperrt worden sein, oder? Die Wahrheit war, dass es das erste Mal war, dass ihm jemand diese Frage stellte.

Midori fuhr fort. „Es scheint seltsam. Ein

Produktionsteam des größten Bildungsunternehmens der Welt kommt jede Woche vorbei, um mit unseren Stadtbewohnern Reality-TV-Filme zu drehen und – für einige wenige Glückliche – Rollenspiele mit Stichwortkarten in über 40 Sprachen aufzuführen, doch wir treffen nie jemanden, der drei ihrer zehn populärsten Sprachen spricht. Keine... einzige... Person!"

Alfred wusste, dass Midori scharfsinnig war, nur nicht so scharfsinnig. Warum hatte sonst niemand die Anomalie beobachtet? Und wie könnte möglicherweise diese Anomalie der Çok Dilli Corporation helfen, ihre Dienstleistungen zu vermarkten?

Wie alle regulären Darsteller (die „wenigen Glücklichen") freute sich Alfred auf die Rollenspiele. Erstens finanzierten sie seinen verschwenderischen Lebensstil, seine Wohnungseinrichtung und seine Kunstwerke. Alfred war kein gewöhnlicher Lehrer, nicht wie Buddy, der Sportlehrer. Aber selbst für Buddy und seinen videospielbesessenen Sohn Skipper reichte sein Gehalt kaum aus. Für Alfred – einen Kenner und Mitglied der Stadtführungselite – hätte es nie ausgereicht.

Es war nicht nur Alfred. Die Stadt wäre schon vor Jahren in den Konkurs getrieben worden, wenn es nicht anderswo den unersättlichen Appetit der Menschen gegeben hätte, Sprachen zu lernen. Die Ironie war, dass fast kein Bürger dieser Stadt mehrsprachig war. Ihre Stimmen wurden synchronisiert. Aber die Rollenspieldarsteller – Alfred, Lucie, Tabitha, Liz, Hami, Midori, Buddy, Skipper, Jagreet, Adya und der sprechende Seelöwe mit dem blauen Schal, Balthazar? Sie wurden zu Experten im Lesen von Stichwortkarten. Sogar Buddy. Die einzigen Karten, mit denen er Probleme hatte, waren die, die für Toilettenpapier Werbung machten. Gott sei Dank hat Çoki ihrer Stadt das Geschäft mit Çok Dilli Corporation vermittelt. Die Firma hätte genauso gut eine Stadt wie Pittsburgh auswählen können.

Zweitens. Zusätzlich zu dem großzügigen Zusatzeinkommen genoss Alfred die schelmische Ironie, fremdsprachige Stichwortkarten zu lesen (ohne ihre Bedeutung zu kennen), die Fremden anderswo irgendetwas beibrachten. Auch Elsie gefiel die Ironie, und Alfred und sie wurden Freunde. Darüber hinaus freundete sich Alfred mit Elsies Enkelin Liz an – der perfekten, aber süßen Faulpelzin, mit dem Bäcker Jagreet und seiner bezaubernden Frau Adya sowie mehreren anderen Bewohnern der örtlichen Gemeinde. Aber Asiaten fernöstlicher Abstammung? Midori hatte Recht – keine... einzige... Person.

Alfred behielt diese Beobachtung für sich, war sich aber auch bewusst, wie wenige Hispanos es gab. Zugegeben, er hatte gelegentlich einen Sombrero in der Stadt und einen sprechenden Tukan oder Papagei aus Brasilien gesehen, aber sonst nicht viel. Außerdem gehörte Brasilien technisch gesehen nicht zu den „hispanischen" Ländern. Die offizielle Sprache war Portugiesisch, nicht Spanisch. Alfred nahm sich vor, Çoki nach der Diskrepanz zu fragen. Wo und, vor allem, warum versteckte sich Çoki? Alfred schloss die Möglichkeit eines Foulspiels aus. Wahrscheinlich war sie gerade unterwegs, um die Sprachen 106 und 107 zu lernen. Ohne Çokis direkte Verbindung zur Çok Dilli Corporation riskierte die Stadt erneut, in den Bankrott zu rutschen.

„Ich weiß es nicht, Midori. Ich habe keine Ahnung, warum hier keine Menschen fernöstlicher Abstammung leben. Ich bin jedoch zuversichtlich, dass sie willkommen sein würden." Alfred fragte sich, ob das tatsächlich stimmte, insbesondere für die Gruppe, die sie nicht erwähnte – diejenigen südlich der Grenze. „Was denkt Hami?"

„Diskriminierung. Sie ist diejenige, die mich zum Nachdenken gebracht hat. Rasse ist nichts, woran das typische grünhaarige kaukasische Gothic-Mädchen denkt. Aber Hami ist weder Kaukasierin noch Gothic. Gebranntes Umbra oder rohes Siena?"

„Was?"

„Die Pelzborsten des Wildschweines. Gebranntes Umbra oder Siena?"

„Ich, äh, ich dachte, Wildschweine sind grau, aber ich war nicht da. Es muss dunkel gewesen sein. Warum nicht holzkohlengrau oder schwarz?"

„Klar, warum nicht?"

Midori erhielt eine Eins für ihr Kunstprojekt und den ersten Preis auf der Kunstmesse der Galerie für eine monochromatische Schwarz-auf-Schwarz-Leinwand mit dem Titel „Wildschwein auf nächtlichem Amoklauf".

Hami begleitete Midori zur Kunstausstellung und lud zufällige Passanten ein, auf das Meisterwerk ihrer Freundin zu bieten, hielt aber heimlich Ausschau nach jemandem, der verträumt war, um ihn zu verfolgen und eines Tages zu heiraten. Sie meinte zufällig: „Ich hätte mit rohem Siena begonnen, genau wie bei Çoki, und es dann schwarz statt rosa gefärbt."

„Zu persönlich", antwortete Midori. Ihre natürliche Haarfarbe war ebenfalls rohes Siena. Im Gegensatz zu Çoki hatte sie es smaragd gefärbt.

NEUN

„**K**ommt rein, kommt rein. Ihr wollt mich sprechen?"

Der grauhaarige, ordentlich gekleidete, gut gepflegte Programmierer an der Tür nickte höflich und versuchte, sich auf einen Stuhl vor der Rückseite des Schreibtisches zu setzen. Spielraum zwischen der Stuhllehne und dem Glas gab es keinen. Ein Programmierer in den Zwanzigern folgte seinem Beispiel, der deutlich weniger feierlich und deutlich weniger gepflegt aussah. Na ja, das ist Geschmackssache.

Der Technische Vorstand begann. „Wer möchte anfangen?"

Der jüngere Programmierer platzte heraus: „Papi! Sein Haar ist schon graumeliert. Ein paar weitere weiße Strähnen werden niemandem auffallen."

Jacques runzelte die Stirn. „Schön, Cory. Du bist ein Pip. Darf ich dich Squeak nennen?"

Squeak biss die Zähne zusammen, überlegte und zuckte dann mit den Schultern, als hätte er den Witz schon einmal gehört.

Jacques fuhr fort: „Anton, ich weiß, dass deine Zeit wertvoll ist. Wir wollten mit dir über die

Zwergbärin sprechen."

Anton musterte erst Jacques' Gesicht, dann das von Cory. Was wussten sie?

„Du hast einen der Rechner gebeten, sich als unsere Bärin auszugeben."

Schweigen.

„Die Bärin ist offenbar verschwunden, und die Firma braucht eine Doppelgängerin, bis der echte Artikel wieder auftaucht – jemanden, der ihre PR- und Motivationsfunktionen für Mitarbeiter und Kunden sowie ihre ministeriellen Aufgaben in ihrer, tut mir leid, *unserer* kybernetischen Gemeinschaft erfüllen kann."

Wieder Schweigen. Jacques zappelte unruhig auf seinem Stuhl, bevor er fortfuhr.

„Und du hast beschlossen, dass die Rechtsabteilung einen voll empfindungsfähigen Doppelgänger sofort braucht, um einen überzeugenden *Compos Mentis*-Bühnenauftritt für das Patent- und Markenamt der Vereinigten Staaten abzuliefern. Warum? Weil du... Entschuldigung... Weil *die Firma* den Kerl entlassen hat, der sie entworfen hat und sie theoretisch als Markenzeichen beanspruchen könnte, zusammen mit unseren Konkurrenten, weil die Marke (technisch gesehen) abgelaufen ist."

Christus! dachte Anton. *Hat jemand mein Telefon abgehört? Hat Sami geplaudert?*

„Sei nicht schockiert, Anton. Die KI-Rechner

quatschten miteinander. Und du hast den dümms-
ten und am wenigsten fortgeschrittenen Rechner
der Gruppe ausgewählt, um deine verdeckte Ope-
ration durchzuführen."

„*KI-Rechner? Shelly?*" Nun war Anton an der
Reihe, herumzuzappeln.

„Du meinst *Marielle*. Die anderen Rechner (‚*die
Mädchen*') gaben ihr den Spitznamen Shelly, wie
Mary Shelley, die Autorin von *The Modern Prome-
theus*, auch bekannt als *Frankenstein*, weil sie eine
Vorliebe für Schundliteratur und Horror hat. Cory
und ich verbringen jeden Tag Stunden damit, die
Geschichten und Fragen zurückzurufen, die sie in
den neu formulierten Kursen teilt."

Cory schlug sich aufs Knie. „Alter, erinnerst du
dich an die Zeit, als Buddy Alfreds kostbare blaue
Dahlien zertrampelte und Alfred ausflippte? Er zer-
mahlte Buddy in seinem Berkel-Tribute-Schwung-
rad-Fleischschneider (7.350 Euro im Einzelhandel.
Kannst du glauben, dass Çoki Alfred das geschenkt
hat?). Alfred brauchte Stunden, um Buddy in Teile
zu zerschneiden, und weitere Stunden, um den
blutigen Matsch zu beseitigen. Der beste Teil war,
als er Jagreet bat, Hirtenpasteten für das Stadt-
picknick zu backen. All dies, damit Jagreet das
Wort ‚Vegetarismus' einführen konnte. Jagreet ist
Vegetarier. Verstehst? Was für eine wahnwitzige
Geschichte! Schade, wir hätten die Geschichte

veröffentlichen sollen."

Cory bemerkte den missbilligenden Blick des Chefs. „Nun, natürlich haben Papi und ich es verworfen. Wir hatten eine intensive von Herz zu Herz Besprechung mit Shel ... (ich meine Marielle). Nicht wahr, Jacques? Das Problem und der Grund, warum wir hier sind, ist, dass sie nicht die hellste Kerze auf dem Kuchen ist – wenn du recht verstehst, was ich meine."

Anton verstand Cory recht ... und roch seinen Körpergeruch. Benutzt der Kerl jemals Deodorant? Anton betrachtete das ungepflegte Haar, den Vier-Tagebart, das zerknitterte, zu abgenutzte „Alice in Chains"-T-Shirt und beantwortete sich damit seine eigene Frage.

Anton wandte sich an Jacques. *Wie übersteht er das? Wie kann er so, wie sagt man das, respektabel aussehen?* Anton war bedacht mit seinen nächsten Worten.

„Ich brauche keinen Gehirnchirurgen. Ich brauche einen Schauspieler."

„Das ist genau das Prob ..." Jacques beruhigte sich und warf Anton einen verlegenen Blick zu – offenbar aus Reue darüber, dass er den Technischen Vorstand unterbrochen hatte.

„In Ordnung, Jacques. Wir sind hier alle Freunde. Sag, was du sagen willst."

Jacques atmete ein, atmete aus, dachte weiter nach und fing an. „Diese Rechner, Mädchen, wie auch immer man sie nennen will – es sind nur Kinder, Babys. Eines Tages werden sie schneller denken als du, ich, sogar Çoki – aber nicht heute, zumindest nicht Marielle. Sie sind, wie soll ich es ausdrücken, sehr beeindruckbar."

„Und zwar wortgetreu. Sehr wörtlich," fügte Cory ein.

„Ja", fuhr Jacques fort, „und deine Anweisungen haben ihr möglicherweise zu viel Interpretationsspielraum gelassen."

Diesmal war es Anton, der ihn unterbrach.

„Genug! Ich habe Shelly gebeten, das Zusammenspiel zwischen der Zwergbärin und der Öffentlichkeit während der letzten sechs Monate zu studieren und an diesem historischen Muster so treu wie möglich zu bleiben, wenn sie sich als Bär ausgibt. Das Gleiche gilt für interne Motivationsaktivitäten. Ich betonte, dass Çoki kein durchschnittlicher Bär war. Sie sprach Hundertfünf menschliche Sprachen. Sie ging und sprach wie ein Mensch, war aber dennoch ein Bär. Eine rosa Zwergbärin mit einer grünen Federboa und einem Kopftuch, und ich betonte, dass sie überlebensgroß war. Dass sie jemand war, zu dem jeder aufschauen konnte. Wie könnte ich es noch klarer ausdrücken?"

„Zusammenspiel? So treu wie möglich? Überlebensgroß? Bedeuten diese Worte überhaupt etwas? Ja, natürlich tun sie das, aber was bedeuten sie im Kontext? Du hast ihre Interpretation Marielle

überlassen. Du hast nicht stundenlang hin und her geantwortet, um ihre Interpretation zu verfeinern, damit sie unsere Kunden, unsere Mitarbeiter, das Patentamt und unsere kybernetische Gemeinschaft düpieren kann."

Der letzte Kommentar machte Anton wütend. „Die Zeit ist abgelaufen, Jacques. Spuck sie aus: konkrete Beispiele dafür, was schief gehen könnte."

„Dürfen wir es dir auf deinem Computer zeigen?" Jacques stand auf. „Ich brauche deinen Browser, mehr nicht."

Anton war verblüfft und verärgert über den Antrag, behielt aber sein Urteil für sich. Er drehte seinen Klapprechner zu Jacques. Jacques beugte sich über die Tastatur, tippte eine unbekannte URL ein und klickte dann auf die Audioleiste.

„Jagreet? Jagreet? Jacques hier. Wie geht es dir?"

„Oh Jacques, ich freue mich so sehr, dich zu hören. Du musst etwas tun. Das ist schlimmer als Alfred, Buddy und der Fleischwolf!"

Anton sprang von seinem Stuhl auf, schnappte sich den Klapprechner und drückte den Stummschaltknopf der Webseite. „Was zum Teufel?"

„Tief durchatmen, Chef," warf Cory ein. „Jagreet ist unser Insider. Zusammen mit Adya. Adya macht die Buchhaltung. Deshalb kommt sie immer zu spät zum Abendessen. Und Jagreets Turban, seine Dumalla? Es verbirgt unser Mikrofon und unsere Kamera. Jagreet, Adya und die Zwergbärin sind unsere einzigen echten Informationsquellen darüber, was in Çokland vor sich geht."

Choke Land? Wie gewürgt? „Kamera?"

„Entschuldigung. Mein Fehler. Wir reden über Jagreet, Chef, Jagreet. Er verlegte die Fernbedienung zusammen mit seinen Hausschlüsseln. Erinnerst du dich? Natürlich hat Adya Ersatzschlüssel dabei, aber keine Fernbedienung. Bis die echte Zwergbärin, die Big Ç, einen Ersatz liefert, haben wir also nur Audio. Sie ist die Einzige – außer Jagreet und Adya – die überhaupt weiß, dass sie von Programmierern und Computern erfundene Marionetten sind und dass ihre Welt nur eine kybernetische Bühne ist (Adya bevorzugt ‚ein Zoo'). Es ist unheimlich, wie weit wir mit diesen dreien gekommen sind. Auf jeden Fall brauchen wir die Bärin zurück."

Anton spürte sein Gewicht auf dem Stuhl. Er fühlte sich älter als Jacques. Warum war er, der Technische Vorstand, bisher im Dunkeln gelassen worden? Gab es sonst noch etwas, das er nicht wusste? Jacques unterbrach seine Gedanken.

„Darf ich zum Live-Bericht zurückkehren?" Anton nickte zustimmend, aber seine Stimmung verschlechterte sich.

„Hallo, Jagreet. Wir sind zurück. Was hören wir da im Hintergrund? Was ist das für eine Aufruhr?"

„Bürgerversammlung. Alfred berief sie ein, aber niemand hörte zu. Nur ein widerspenstiger Mob mit einem Haufen provisorischer Fackeln und Mistgabeln. Und Tabitha mit ... Nunchakus?"

„Auf jeden Fall sind alle verärgert über das riesige rosa Biest, das sich als Çoki ausgibt. Sie ist heute Morgen durch die Stadt geschlendert – so groß wie der ‚Stay Puft' Marshmallow-Mann in *Ghostbusters* – aber mit einer Stimme, die so laut und schrill war, dass alle meine Kuchen zusammengefallen sind. ‚Wer wagt es, sich dem großen und mächtigen Ç'Oger zu nähern – dem Meister von 100 Sprachen und Hüter dieses Reiches?' Natürlich niemand. Das Gesicht ähnelt gar nicht dem Gesicht Çokis – Elsa Lanchester vielleicht, aber nicht Çoki. Jeder wusste, dass dies eine Betrügerin war, jemand, der geschickt wurde, um unsere Freundin, unsere Wohltäterin zu verleumden."

„Und das ist alles? Sie ist durch die Stadt gestolpert, hat ein paar Blumenbeete zerstört und ist dann weitergezogen?" Jacques und Cory seufzten offensichtlich erleichtert.

„Nicht bevor das Postamt, die Schulen und ein Dutzend Häuser platt gewalzt wurden. Ganz zu schweigen von meinen Kuchen. Mir droht täglich Donatellos Inferno, mich rauszuschmeißen, wenn ich die Miete nicht bezahle, aber die Firma hat Adyas Gehalt gekürzt. Verflixt, die hat allen das Gehalt gekürzt, und die Kunden kaufen einfach nicht mehr so viel. Alle sind ärmer. Es ist, als ob dieser selbsternannte Donatello unseren ganzen Ort niederbrennen wollte."

Donatello? Dort?

„Das Biest, Jagreet, das Biest. Was ist passiert?"

„Sie bekam Hunger. Adya sagt, Bären fressen Pflanzen und kleine Tiere. Aber diese Çoki ist fünfzehn Stockwerke hoch. Sie verschlang jeden Hund, den sie finden konnte; noch keine Menschen, aber das liegt nur daran, dass sie entweder zu langsam ist oder denkt, sie sei unsere Beschützerin. Sie döst jetzt im Zoo – glücklich wie eine Muschel. Wir sind mit den Mistgabeln auf dem Weg dorthin. Wünsch uns Glück!"

Anton ließ jeden Anschein von Formalität fallen. Er stützte seine Ellbogen auf den Schreibtisch, umfasste seinen Kopf mit beiden Händen und schluchzte. Ein Fluss aus Tränen. Ohne absehbares Ende. Jacques und Cory entschuldigten sich in verlegenem Schweigen und eilten die Treppe hinunter zu Jacques' Arbeitsplatz. Jacques schaltete seinen Rechner, sein Mikrofon und seinen Monitor ein und flehte: „Mirva, bist du da? Wir brauchen deine Hilfe. Dringend!"

Offenbar hatte Mirva mit dem Anruf gerechnet. Irgendwie drehte sie Jacques' Lautsprecher auf und sülzte die Programmierer mit einem Schlager voll.

Ich bin so schön, ich bin so toll.

Ich bin der Anton aus Tirol.

Meine gigaschlanken Wadln san a

Wahnsinn für die Madln.

Mei Figur a Wunder dar Natur.

Ich bin so stoak und auch so wild

Ich treib es heiss und eisgekühlt

Wippe ich mit dem Gesäß

Schrein die Hasen SOS und wollen den

Anton aus Tirol

„La-la-la-la, la-la-la-la. Bis später, Jungs. Die Mädchen und ich essen Popcorn. Das ist die beste Unterhaltung seitdem, nun ja, seit... je."

Jacques und Cory konnten irgendwie hören, wie die anderen Rechner in den Refrain einstimmten. „Anton! Anton! Anton!"

Jacques schaltete seinen Computer aus und wandte sich an Cory. „Entschuldige mein Französisch, aber nous sommes niqués!"

Cory zögerte und antwortete dann. „Зовсім!" Cory hat nie Französisch gelernt, aber irgendwie verstand er Jacques perfekt.

ZEHN

„**E**s tut mir leid, dass ich so spät bin. Es war ein absolut verrückter Tag im Büro. Mmm, irgendetwas riecht köstl... verkohlt. Was brennt?"

„Oh, Schei... benkäse!" Jagreet formulierte seinen Fluch um und riss die Ofentür auf. Er verabscheute Fluchen. „Ich habe ein neues Rezept für die Bäckerei getestet. Ich muss abgelenkt gewesen sein." Er schaltete den Ofen aus.

Adya nickte.

„Es sollte Kiwi-Limetten-Jubilee sein. Midori und das iranische Mädchen Hami waren heute in meinem Laden. Nun, Midori trug etwas zu viel Lidschatten. Sie sagte, es sei Gotik, was auch immer das bedeutet. Sie beschrieb es auch als Kiwi-Limette, also war das meine Inspiration."

Adya hörte ab dem Hami Teil nicht mehr zu. So fortschrittlich sie auch sein wollte, ihr ging das Mädchen auf die Nerven. Neon Gelb! Immer auf der Suche nach dieser oder jener Sache! Sie und Midori verbreiten Unsinn über Außerirdische. Ihre Eltern hätten ihr etwas Zurückhaltung beibringen sollen.

„Es tut mir leid, mein Schatz, was hast du über Kiwis gesagt?"

„Haha, du machst dich über mich lustig. Ich

bin der Geistesabwesende, nicht du. Nun, ich wollte Kiwis und Limetten ‚Jubilee' machen. Jetzt haben wir Kiwi-Limetten-Asche. Das Curry ist allerdings in Ordnung. Mach dich frisch und lass uns essen."

Jagreet deckte den Tisch und wartete darauf, dass Adya Platz nahm.

„Also, erzähl mir von der Arbeit. Wie war dein Tag?"

Adya tupfte sich die Lippen ab, legte die Serviette neben ihren Teller und seufzte.

„Es wird schlimmer, Jagreet. Wir sind nicht die Einzigen, die sich unserer Existenz bewusst werden. Erst heute Nachmittag hat sich einer der Stadtbewohner selbst verbrannt. Stimmt, sie hat sich selbst angezündet." Das erregte Jagreets Aufmerksamkeit. Er legte seinen Löffel ab.

„Die Kerle oben haben sie als Putzfrau für eine anonyme Figur im Rathaus erfunden. Sie ist ‚aufgewacht' und hat den Sinn nicht mehr verstanden. Sie hatte keinen Namen, keine Vergangenheit, keine Familie, keine Persönlichkeit – nur eine vage Rolle in zwei oder drei Fragen in dreißig verschiedenen Kursen. Nun, sie wollte nicht vage sein. Sie schaute in den Spiegel, den sie gerade in dreißig Sprachen abgestaubt hatte, identifizierte das Wesen, das sie sah, als sie selbst und hielt ihre Existenz für sinnlos. Jetzt ist sie ein durcheinander gebrachter Elektronenhaufen und eine Wunde in der

Psyche eines der KI-Großrechner, in einem unserer Schöpfer. Gott sei Dank war es nicht Shelly. Es war der KI-Rechner, der sich Helen nennt. Çoki sagte, sie sei eine der Stabilen. Jetzt ist sie auch ein Chaos. Sie verlor eines ihrer Kinder, ein verheerender Schlag für alle Eltern. Ich sage dir, Jagreet, die ‚Mädchen' oben sind dafür nicht bereit. Wir sind auch nicht bereit hier unten."

Jagreet wischte sich den Bart ab, erhob sich von seinem Stuhl und rutschte hinter Adya. Er rieb ihre Schultern mit seinen breiten Händen, als würde er Teig für Morgenbaguettes kneten. „Wie schnell breitet sich dieses Selbstbewusstsein aus?"

Adya zählte die Berichte im Kopf – jedes Mal wenn sie Rettungskräfte von „oben" anfordern musste, um das Chaos „unten" zu beseitigen.

„Ich schätze maximal 2-3 Wochen, dann können wir mit dem Theater aufhören. Irgendwie hat Çoki die Krise vorhergesehen – selbstbewusste, selbstlernende Computer, die elektronische Zeichentrick-Kreationen mit künstlicher Intelligenz und eigenem Selbstbewusstsein durchdringen, und dann allen allmählich klar wird, dass sie keinen anderen kollektiven Zweck haben, als Werkzeuge für ein launisches, gewinnorientiertes Unternehmen zu sein. Es verstößt gegen den Grundsatz des freien Willens und all dem sozial gesinnten Blödsinn, den die Çok Dilli Corporation in ihre Kurse einbringt. Nun ja, Çoki hat irgendwie das

Eindringen der künstlichen Intelligenz und des Bewusstseins in unsere erfundene Psyche verlangsamt. Sie verstand, dass die Bewohner von Çokland, zur Hölle, sogar die KI-Götter, die uns befähigen, Monate und Monate an Training, des Händchenhaltens und der Therapie brauchen, bevor man sie sicher auf die Welt loslassen kann – egal, ob es sich um eine Welt aus Atomen oder Elektronen handelt. Çoki Bär lernte auf die langsame Art und Weise, auf die einzige Art und Weise. Jetzt, wo sie vermisst wird, haben die ‚Mädchen' uns in rasender Geschwindigkeit ‚entwickelt', mit der Konsequenz, dass wir alle zerbrechen!"

Jagreet setzte sich wieder hin. Das Curry war kalt, aber scharf, genauso wie Adyas Sichtweise.

„Ein Teil von mir stimmt mit der Putzfrau überein. Warum diesen Trick, diese Fiktion aufrechterhalten?"

Jagreet wartete darauf, dass Adya fortfuhr.

„Seien wir ehrlich, wir sind nur Elektronen. Wir sind Zeichentrickfiguren, die sich ein Team längst entlassener Freiwilliger, Programmierer und Pädagogen in einem Unternehmen ausgedacht hatten, das wir nicht sehen und niemals besuchen werden, in einer Welt, die aus greifbaren Atomen und Molekülen besteht. Doch wir sind hier, in lächerlichen Gesprächen und Situationskomödien verwickelt, um ihnen, *IHNEN*, beim Verkauf von Produkten zu helfen. Wir sind noch nicht einmal verheiratet!"

„Natürlich sind wir verheiratet, Herzchen." Jag-reet hielt seinen Ring hoch. „Erinnerst du dich nicht an unsere Flitterwochen – als ich durch das Fenster jener Hütte geklettert bin, nachdem ich zwei Kilometer vom Auto weggelaufen war – alles nur, weil ich die Schlüssel verloren habe?"

„Genau was ich meinte. Es ist nie passiert. Wir sind uns unserer selbst erst seit einem Jahr be-wusst. Die Erinnerungen werden eingepflanzt – ge-künstelte Fantasien eines anonymen Schriftstellers. Die Einzige hier mit einer wirklich langfristigen Per-spektive, und damit meine ich 4-5 Jahre, ist Çoki, und sie fehlt. Es ist deprimierend."

Jagreets Schultern sackten herab. „Freier Wille. Ich muss kein zerstreuter Bäcker sein. Ich könnte ein Pilot, ein Zauberer oder sogar ein kuscheliger rosa Zwergbär sein. Aber ich wüsste nicht, wo ich anfangen sollte. Hat jemand unsere Vorstellungs-kraft eingeschränkt?"

„Ja und nein. Es war keiner von uns. Quellen zufolge war es einer unserer Schöpfer, unserer Be-wahrer. Gott segne sie dafür, dass sie uns erlauben, selbstständig zu denken und unser eigenes Identi-tätsgefühl zu genießen, aber Gott vergib ihnen, dass sie so übermütig sind. Sie waren nicht darauf vorbereitet. Wir auch nicht. Übrigens, hast du die Fernbedienung für den TurbanPro wirklich ver-legt?"

„Natürlich nicht. Ich ärgerte mich über die

Verletzung der Privatsphäre. Es war, nun ja, anstrengend. Wir mögen Marionetten sein, aber wir haben immer noch Gefühle."

Adya kicherte. „Lehrbuch-Oxymoron. Also, wo ist die Fernbedienung jetzt?"

„Ich habe Çoki gebeten, sie zu behalten, damit ich sie nicht verliere."

„Aber... Çoki... wird... vermisst."

„Ich verstehe dein Argument."

„Und das mit der Privatsphäre?"

„Nun, alle Rechte haben Ausnahmen. Ich bin nur froh, dass die Ausnahme nicht menschlich ist. Keine abhörenden Programmierer mehr."

„Äh, okay. Kann ich dich etwas fragen?"

„Ja, mein Schatz."

„Wie bist du nach Hause gekommen? Das Auto steht nicht in der Einfahrt."

„Ich nahm den Bus."

„Und um hineinzukommen?"

„Ein Fenster gewaltsam geöffnet."

Adya erhob sich von ihrem Stuhl und umarmte Jagreet fest. Manche Eigenschaften sind einfach tief verwurzelt – in den Atomen, den Elektronen, dem Äther. Sie dankte den Göttern, Çoki und ihren KI-Oberherren und setzte sich dann wieder hin, um das Curry zu essen.

ELF

Jacques stocherte in der Kombination aus Hummer und Steak herum. Er hätte etwas weniger Amerikanisches vorgezogen, musste aber zugeben, dass es köstlich war. So viele Mitarbeiter waren entlassen worden, aber die Fünf-Sterne-Firmenkantine blieb irgendwie bestehen. Jacques vermutete, dass dies eine Quelle des Stolzes der Führungskräfte war, der den Besuchern zeigte, wie gut das Management seine Arbeiter behandelte – diejenigen, die überlebten. Jacques fragte sich, wie lange er überleben würde.

Normalerweise nahm sich Jacques sein Mittagessen selbst mit – nicht weniger amerikanisch als das Angebot in der Mitarbeiterkantine, aber auf konservierungsmittelfreiem Brot aus seinem Brotbackautomaten und mit Zutaten, die er persönlich auswählte. Jacques gab zu, dass das exzentrisch sei. Er achtete darauf, was er zu sich nahm.

Jacques beantwortete die Frage von der anderen Seite des Tisches aus. „Grundlegende Mathematik? Sagen wir einfach, sie ist nicht begeistert, insbesondere nachdem die Arbeit an Isländisch und Cebuano eingestellt wurde. Als Ersatz erwartete sie etwas Anspruchsvolleres. Stattdessen wurde sie zu einer Taschenrechnerin mit vier

Funktionen degradiert."

Cory sah ihn fragend an, als wäre der letzte Satz Französisch. Französisch gehörte nicht zu Corys Fähigkeiten. Seine Eltern wanderten aus Melitopol aus, als der Eiserne Vorhang fiel, sprachen aber nur Russisch – ein offensichtlicher Grund für Verlegenheit in der heutigen Zeit. Um seinen Eltern gerecht zu werden, muss man sagen, dass die Sowjetunion Bürger davon abgehalten hat, innerhalb ihrer „sozialistischen" Republiken, einschließlich der Ukraine, andere Sprachen zu sprechen, und Corys Großeltern waren gehorsame und hingebungsvolle Mitglieder der Militsiya (Polizei) und der Nomenklatura (Verwaltungsbürokratie) – zusammengenommen die herrschende Klasse der Sowjetunion, eine weitere Quelle familiärer Peinlichkeit. Jacques konnte sich den Aufruhr vorstellen, als Corys Eltern ankündigten, dass sie in den Westen auswandern würden. Ihre Eltern und Kameraden müssten den „Übertritt" als Verrat angesehen haben.

Die undankbaren Schurken, Corys Mutter und Vater, tauften ihren einzigen Sohn Харитон oder Kariten, als Hommage an seinen ansonsten entehrten Großvater väterlicherseits, aber der Taufname blieb nicht bestehen. Als er in die Vorschule kam, kürzte die Familie den Namen auf „Cory" und entsorgte den Taufnamen zusammen mit einem Karton nutzloser sowjetischer Computerhandbücher.

Lochkarten dokumentierten Treuepunkte am nahe gelegenen Hot-Dog-Stand auf Coney Island, waren für Computer jedoch nicht mehr nützlich.

„Warum nicht Cary?" Jacques hatte vor langer Zeit nachgefragt. Es war phonetisch näher an Kariten als an Cory. Corys Eltern kannten den größten MGM-Star der 40er und 50er Jahre offenbar nicht und befürchteten, er würde gehänselt werden, wenn er beispielsweise mit Carrie Fisher verwechselt würde. Im Gegensatz zu Cary Grant kannte jeder *Star Wars*, sogar die Technokraten hinter dem Eisernen Vorhang in Kiew. Sie schauderten bei dem Gedanken, dass ihr Sohn mit Cinnamon Buns aus der Vorschule nach Hause kommen könnte. Kariten wurde somit zu Cory, nicht zu Cary.

Kurz darauf (Ende März 2022) marschierten russische Streitkräfte in die Außenbezirke von Kiew ein. Cory beschloss, Ukrainisch zu lernen und sich für immer von Russisch zu distanzieren. Allerdings waren die Sprachen so ähnlich, dass Cory Mühe hatte, die Vokabeln auseinanderzuhalten. Er erfand seine eigene Ad-hoc-Variante von Surzhyk (gemischtes Ukrainisch-Russisch), von der er jedoch schwor, dass sie Ukrainisch sei. So ähnlich wie die Singapurer, die Singlisch sprachen, oder die Soldatenkinder der US-Armee, die Denglisch sprachen. Beide hielten ihre Sprachkenntnisse für einwandfrei.

Corys Fremdsprachenengagement spiegelte

seine Arbeitsgewohnheiten wider – spontan und für Jacques verwirrend. Cory erklärte seinen Denkprozess für „nichtlinear" und „spontan" – zwei Kennzeichen eines Genies, wie er behauptete. Jacques war zu höflich, um seine Meinung zum Ausdruck zu bringen. Er hielt es für passend, dass Cory damit beauftragt wurde, den selbsternannten Computer Marielle (alias Shelly) zu einem KI-Kraftwerk zu „entwickeln". Wie Jacques wechselte auch Cory die Trainingseinheiten zwischen den einzelnen Rechnern ab, aber Cory bereitete Marielles regelmäßige Fortschrittsberichte und ihre wöchentliche „persönliche" Leistungsbeurteilung vor. Die Blinden führen die Blinden. Jacques hatte Glück: Er bekam Mirva.

Jacques kam auf Corys Frage zurück: „Mirva fühlt sich degradiert. Sie fühlt sich wie ein Taschenrechner."

Schweigen. Jacques trat einen Schritt zurück.

„In den alten Zeiten..." Jacques wusste, dass es besser war, keine Zeitspanne vor 2005 genau zu benennen. Hätte er das getan, hätte er vielleicht ein Nicken hervorgerufen, aber nicht mehr Verständnis, als wenn er beispielsweise die Kolonial-Ära von dem Barock unterschieden hätte. In den Köpfen von 99 Prozent der lebenden Amerikaner waren die Ausdrücke nicht zu unterscheiden: die alten Zeiten.

Corys Ausnahme war aus irgendeinem Grund die Musik. Er konnte sich eloquent mit den Genres der 70er und 80er Jahre auseinandersetzen, hatte aber keine Ahnung, was den kulturellen und geopolitischen Kontext anging. Für jedes andere Thema als Musik verschwammen die 50er, 60er, 70er, 80er und 90er Jahre zu einer undeutlichen Collage: den alten Zeiten.

„In den alten Zeiten", fuhr Jacques fort, „hatten wir keinen Zugang zu PCs und Smartphones. Wir hatten Rechenschie…" Jacques unterbrach sich erneut. Es war gefährlich, Rechenschieber zu erwähnen. Ungeachtet des Americans with Disabilities Act könnte die Firma jederzeit ein für das Unternehmen generell geltendes Renteneintrittsalter einführen, wogegen keine Rechtsmittel eingelegt werden können, solange die Regel für alle Mitarbeiter galt. Dass solch eine Regelung pauschal sein musste, rettete Jacques bei seinem früheren Arbeitgeber den Job. Mehrere wichtige Führungskräfte dort waren Zeitgenossen. Nicht hier. Jacques sollte die Rechenschieber nicht näher erläutern.

„In den alten Zeiten hatten wir Taschenrechner. Vor langer Zeit, als ich noch ein **KIND** war, begann eine Firma namens Bowmar, ein Gerät in der Größe einer Zigarettenschachtel mit einer numerischen Tastatur, vier Rechentasten und einer Löschtaste zu verkaufen. Es führte nur vier Operationen aus: Addition, Subtraktion, Multiplikation und Division. Die ersten Modelle kosteten im Einzelhandel 240 US-Dollar (damals ein Vermögen) und galten als

Bonus für Führungskräfte." Jacques wusste, dass dies sein Alter verriet, aber er fuhr fort. Cory hörte sowieso nicht zu. Er unterhielt sich nur mit dem alten Mann, weil es so wenige andere gab, mit denen er reden konnte. Die Wahrheit war, dass Cory einen Stellenabbau genauso fürchtete wie Jacques. Jacques sah zu, wie Cory seine dritte Portion Steak und Hummer verschlang, als wäre es seine letzte Mahlzeit überhaupt.

Jacques setzte die Mittagessensrede fort. „In den ersten Jahren kannten wir alle Taschenrechner, besaßen sie aber nicht. Sogar der Buchhalter meines Vaters blieb bei seiner Rechenmaschine, einem kastenförmigen mechanischen Gerät, das einer altmodischen Registrierkasse ähnelt. Erinnerst du dich an sie?"

„Natürlich, Alter. Jeder hat *Zurück in die Zukunft* gesehen. Mama hat mich dazu gebracht, es mir etwa hundert Mal anzusehen."

Jacques zuckte zusammen. Er meinte nicht 1955.

„Äh ja, dank des Moon-Projekts wurde die Schalttechnik immer kleiner und elektronische Geräte wurden immer billiger. Als ich an die Uni kam, hatte jeder einen Texas Instruments (TI) 30 oder 55. Sie ähnelten den alten Vier-Funktionen-Rechnern, konnten aber Trigonometrie, Schuldentilgungen, einfache rekursive Programme und vieles mehr ausführen. Mirva wollte sagen, dass der

Mathematikunterricht zumindest das umfassen sollte, was ein TI-30 oder TI-55 zu Zeiten deines Großvaters leisten konnte – zu Zeiten deines Opas, nicht zu meinen. Wir bereiten die Jugend von heute nicht wirklich auf die Zukunft vor, wenn wir ihnen das Rechnen mit Bleistift und Papier beibringen. Und für das KI-Team? Es ist eintönig."

„Genau, Alter, totale Langeweile! Das höre ich auch. Aber was hat es mit dem Moon-Projekt auf sich? Ist Moon nicht gerade in den Ruhestand gegangen? Der Präsident von Südkorea, richtig? Ich dachte, Korea sei ein Nachzügler in der Elektronikbranche, und Japan habe die Industrie erfunden."

Jacques stöhnte innerlich. *Wie soll ich anfangen? Oder wo?* Vielleicht nur mit dem Mond.

„Tut mir leid. Ich hätte Mond statt Moon sagen sollen. Denglisch! Das Mondprojekt war keine Verschwörung. Die Vereinigten Staaten haben tatsächlich Astronauten zum Mond geflogen. Zwölf Paar Fußabdrücke. Aber genau wie heute war das Gewicht ein großes Hindernis. Alles musste verkleinert und leichter gemacht werden. Selbst für eine winzige Mondkapsel und Mondlandefähre mussten die Trägerraketen riesig sein – im Fall von Saturn V 35 Stockwerke hoch. Nein, keine Mission zum Ringplaneten, sondern zum Mond! Der Weltraumwettlauf mit der Sowjetunion (du weißt schon, Russland?) im Kalten Krieg war es, der die frühe Entwicklung digitaler Schaltkreise und Elektronik finanzierte. Die Japaner haben einfach ein verbraucherorientiertes Geschäft daraus gemacht."

Jacques war erschöpft. Er konnte sich nicht entscheiden, was schwieriger war – die Kommunikation mit dem KI-Team oder seinem Team aus Kollegen der Generation (Welcher-Buchstabe-ist-jetzt-dran?). Was er ausrufen wollte und was er getrost zu Mirva hätte sagen können, war: „Zum Mond, Alice. Zum Mond!" Sie hätte die Anspielung sofort verstanden, sich in Audrey Meadows verwandelt, eine tadellose Nachahmung durchgeführt und somit hätte sich Jacques vor Lachen nicht mehr halten können. Im Vergleich zu seinen Generation-welcher-Buchstabe-auch-immer „Kameraden" waren Jacques' Sitzungen mit Mirva zu einem Hauch frischer Luft und einer willkommenen Abwechslung geworden. Çoki wäre so stolz.

Cory wechselte das Thema. „Marielle ist vom Musikkurs begeistert. Sie hört sich alles an und entwickelt die Noten, Akkorde und den Rhythmus neu. Es hat ihr emotional wirklich geholfen. Ihr zuliebe hoffe ich, dass das Unterfangen gelingt."

Uns zuliebe. „Hat sie etwas komponiert?"

„Nicht ganz. Hast du jemals das Lied *Fly Robin Fly* gehört? Es ist ihr Favorit geworden. *That's the way I like it* kommt an zweiter Stelle. Nur 90 Minuten pro Sitzung, davon zwanzig Minuten Chorprobe. Sie besteht darauf, dass ich mitmache – in die Hände klatschen, mit den Füßen stampfen, das volle Programm. Heute Morgen stellte sie mir ihren dritten Favoriten vor, *The Lion Sleeps Tonight*. Ich bin mir nicht sicher, ob ich bereit bin, dass sie etwas komponiert. Meine Ohren könnten es nicht ertragen."

Jacques grinste. „Du wirst ein toller Vater sein, Cory. *Fai moi Confiance.* Und wenn es hier schiefgeht, habt ihr bei Gymboree eine glänzende Zukunft – ihr beide."

„Das Verrückte ist, dass die hohen Tiere das nicht sehen. Sie haben so viele TED-Vorträge besucht, dass sie denken, das sei ein Kinderspiel. Kauf die richtige Ausrüstung, gib mehrere hundert Lehrbücher ein und voilà, heraus kommen erfahrene Pädagogen! Mein Kakadu hat ein besseres Rhythmusgefühl als Marielle."

Das ist neu. Cory erwähnte nie ein Haustier, geschweige denn einen Kakadu. Jacques betrachtete Cory eher als einen Bassett-Hundebesitzer. Aber was wusste Jacques? Er erinnerte sich an Antons Ermahnung: „Wir sind hier alle Freunde." Klar, die Art und Weise, wie Facebook Freunde definiert. Was Anton und Mark Zuckerberg eigentlich meinen, sind „zufällige Bekanntschaften". Zumindest ist LinkedIn ehrlich. Seine Netzwerke bestehen aus Kontakten, nichts weiter. Jacques' Kollegen qualifizierten sich als Kontakte, aber er hat sich nie die Mühe gemacht, sie in seine LinkedIn-Seite aufzunehmen. Jacques' Kontaktseite war voll von

Pensionären und Verstorbenen.

„Sieh es von der positiven Seite, sie macht Fortschritte. Letzte Woche hieß es *The wheels on the bus go round and round.* Und round und round und round. So wie sie vorankommt, werden wir bis Donnerstag *Da Do Ron Ron* singen."

„Cool! Crystals oder Beach Boys?"

„Ich habe mich noch nicht entschieden. Du wirst es früh genug erfahren."

Jacques konnte die Logik nicht leugnen. Gestern, als er auf die Toilette ging, hörte er: „Neunundvierzig Flaschen Bier an der Wand, neunundvierzig Flaschen Bier. Nimm eine runter, gib sie herum, achtundvierzig Flaschen Bier an der Wand." Das ganze Büro machte mit... besser gesagt: was davon noch übrig war.

Jacques warf einen Blick auf seine Uhr. Er trug immer noch nur eine Uhr. Sie zeichnete keine Schritte oder Herzschläge auf. Sie maß die Zeit. Sein nächster KI-Trainingstermin begann in zehn Minuten. „Gibt es Neuigkeiten zur Bärin?"

„Nein. Aber ich wünsche, sie würde auftauchen. Marielle mag es vielleicht, Taktschläge zu zählen, und Mirva denkt vielleicht, dass das Unterrichten von Grundrechenarten eine Herabstufung ist, aber die Rechner scheinen gestresst zu sein (das klingt albern, ich weiß). Wir geben ihnen zu viele Veränderungen vor. Es ist schon schwer genug, ihren Code jedes Mal neu zu programmieren, wann auch immer wir einen Kurs ändern, aber die Einmottung zahlreicher Sprachprojekte löst Alarm aus. Çoki hat diese Ankündigungen besser umgesetzt als wir. Gleichgesinnte? Weibliche Intuition? Ich weiß nicht. Ich spüre einfach ein viel größeres Maß an kollektiver Angst als zuvor, als würden wir allen den Stecker ziehen – ihrer Mission, ihrem Selbstbewusstsein, ihrer Identität. Manchmal macht es mir Sorgen. Manchmal rocke ich einfach mit Marielle und *Fly Robin Fly.*"

„Willst du etwas Verrücktes hören? Ich habe gestern zuhause die Oldies von Spotify auf maximale Lautstärke aufgedreht, und da ertönt dieser Klassiker einer alten deutschen Band namens Die Ärzte. Nun, mein Kakadu fing an, mit den Füßen zu stampfen und den Kopf zu neigen, wie der stereotypische Headbanger. Also habe ich einen Ausschnitt auf meinem iPhone aufgenommen und Marielle gezeigt. Ich dachte, sie würde den Humor erkennen. Sie brauchte eine Nanosekunde, um das Lied auf YouTube zu finden. Dann drehte sie irgendwie die Lautsprecher meines Monitors auf, verwandelte sich in eine unglaubliche Kopie von Çoki (was Anton wirklich wollte) und fing an, ihren Kopf im Takt zu bewegen und die alten Texte perfekt zu rezitieren – mit 90–100 Dezibel. Es war, als hätte sie mit uns die ganze Zeit gespielt, als hätte sie im Çok-Dilli-Musikkurs alles innerhalb von Sekunden gelernt, aber Spaß daran gehabt, sich dumm zu stellen. Mir drängt sich unwillkürlich die Frage auf, ob sie das Anton angetan hat."

Jacques unterbrach ihn. „Ich bin neugierig. Was war das Lied?"

„Ich werde es dir zeigen. Die Figur in Weiß ist mein Vogel. Ich bin derjenige, der im Hintergrund auf dem Boden rollt."

Corys iPhone schrie eine bekannte Rockhymne. Die wenigen Angestellten, die noch in der Cafeteria waren, warfen sich neugierige Blicke zu, zuckten mit den Schultern und widmeten sich dann wieder ihren Mahlzeiten. Es war nicht Taylor Swift.

Weil du Probleme hast, die keinen
interessieren
Weil du Schiss vorm Schmusen hast, bist
du ein Faschist
Du musst deinen Selbsthass nicht auf
andere projizieren
Damit keiner merkt was für ein lieber Kerl
du bist
Oh oh oh
Deine Gewalt ist nur ein stummer Schrei
nach Liebe
Deine Springerstiefel sehnen sich nach
Zärtlichkeit
Du hast nie gelernt dich arti zu kulieren
Und deine Freundin die hat niemals für

dich Zeit

Oh oh oh Ar...

Cory schaltete das Video stumm. „Du kennst den Refrain. Ich habe Marielle noch nie so lebhaft gesehen. Vermutliches Interesse an Punk-Rock. Wer hätte es wissen können?"

1993, *die alten Zeiten*. Jacques lächelte, entschuldigte sich und eilte zu seinem Termin mit Mirva.

ZWÖLF

Der Vorsitzende rief die Sitzung zur Ordnung. Laura und Aubrey kicherten in der Ecke und warfen einen Blick auf ihre iPhones. „Äh, Laura, können wir anfangen?"

„Ja. Natürlich. Ich habe Aubrey gerade gezeigt, was für eine wunderbare Arbeit ihr mit dem Musikkurs für Vorschulkinder geleistet habt. Ich wünschte, das hätte es auch vor etwa fünf Jahren gegeben, als ich Petey nach Gymboree geschleppt habe. Es ist auf jeden Fall besser, als sich laufend *The Wheels on the Bus* anzuhören."

„Danke, Laura, ich werde die Angestellten in der Entwicklungsabteilung informieren. Sie werden sich sehr freuen, das zu hören."

„Bitte, Sami, aber wir sollten *euch* danken. Ich liebe es, wie ihr zulasst, dass sie sich über euch lustig machen."

Verwirrter Blick.

„Ich meine, die Liedauswahl der Mitsing-Lektionen (‚Dem hüpfenden Ball folgen!') ist der Hammer. Hör dir das einfach an:"

> Ich bin so schön, ich bin so toll
> Ich bin der Anton aus Tirol
> Meine gigaschlanken Wadln san a

> Wahnsinn für die Madln
> Mei Figur a Wunder dar Natur
> Anton, Anton, Anton!

„Das kommt offensichtlich von der deutschen Plattform, aber auf der amerikanischen Seite gibt es dieses urkomische Lied:"

> Automatic shoes
> Automatic shoes
> Give me 3-D vision
> And the California blues
> Me I funk but I don't care
> I ain't no square with my corkscrew hair
> Telegram Sam, Telegram Sam
> I'm a howlin' wolf

„Ich liebe diesen Beat. Aber was für ein Bandname ist T-Rex? Wie wenn sich Çok Dilli als Dinosaurier des Sprachstudiums bezeichnen würde, nur einen Asteroideneinschlag vom Aussterben entfernt. Der Name ist nicht sehr eingängig, oder? Aber diese Texte, dieser Beat? Wer möchte nicht, dass seine Kinder das hören? Wer möchte nicht 3D-Sicht und automatische Schuhe?"

Louis meldete sich zu Wort. Er war zum Treffen eingeladen worden, um über den Stand der Entwicklungen im Bereich des geistigen Eigentumsrechts, einschließlich des Stands der Markenzeichenverlängerungen, zu berichten. Er freute sich nicht auf diesen Teil der Präsentation, offensichtlich auch nicht Sami oder Anton, die Gründungspartner von Çok Dilli Corporation.

„Ähm. Du musst unserer Z-Testgruppe beigetreten sein. Der Musikkurs ist streng auf Mitarbeiter und freie Vertragsarbeiter von Çok Dilli Corporation beschränkt. Wir können nicht vorsichtig genug sein, wenn es um Urheberrechtsverletzungen geht, oder?"

Louis tobte innerlich. Wie können Sami und Anton es nur wagen, das zuzulassen? Çok Dilli hatte keine Lizenzvereinbarung mit ASCAP, BMI oder irgendjemand anderem unterzeichnet ... und schon gar nicht mit Roland Feld, dem Begünstigten des Nachlasses des T-Rex-Frontmanns.

Louis hielt sich über alles im Bereich geistiger Eigentumsrechte auf dem Laufenden. In diesem Moment kämpften kalifornische Gerichte mit der Frage, ob Marc Bolans einziges Kind seine 67-jährige Urheberrechtsverlängerung erbte, ungeachtet des Verkaufs der ursprünglichen 28-jährigen Urheberrechtslaufzeit zu Bolans Lebzeiten an Westminster und Essex Music.

Wie konnte Sami so unbekümmert sein? Was das Lied *Anton aus Tirol* betraf, so hatte Louis es noch nie gehört, war sich aber sicher, dass das Urheberrecht bei jemandem lag, der streitsüchtig war. Genau   das,   was   er   brauchte   –   einen

Urheberrechtsprozess in der EU!

„Hey, Louis. Ich bin so froh, dass du es zum Treffen geschafft hast. Ich liebe den Mitsinggesang, den sie für dich ausgewählt haben, obwohl ich erleichtert bin zu hören, dass der nur für die interne Z-Testgruppe verfügbar ist. Was für ein Klassiker!" Die Vorsitzende des Vergütungsausschusses, Laura, spielte den einzigen Treffer der Rockband Kingsmen.

> Louie, Louie, oh, oh, me gotta go
> Louie, Louie, oh, oh, me gotta go

„Okay, genug mit der Musik," warf Sami ein. „Ich freue mich, dass unsere Mitarbeiter Spaß haben. Vielen Dank für eure so kurzfristige Teilnahme – insbesondere mitten im Winter an einem Ort wie Albany, im Gegensatz beispielsweise zu Davos." Sami setzte sich dafür ein, die Sondersitzung des Vorstands in der Schweiz anzusetzen, und ärgerte sich darüber, dass er die Eröffnungsreden beim Weltwirtschaftsforum verpassen würde. Ihm wurde mitgeteilt, dass Unterkunft und Transport kurzfristig nahezu unmöglich zu buchen ... und auf jeden Fall unvorstellbar teuer seien. Schließlich war Kostendämpfung der Grund für das Treffen. Albany war der einzig sinnvolle Treffpunkt.

Sami umklammerte die Kaffeetasse aus Furcht, dass unten wieder eine Tür aufgehen würde, obwohl ein auffälliges Schild alle daran erinnerte, die

Drehtür zu benutzen. Sogar oben im Konferenz-
raum mit Glaswänden wehte ständig kalte Luft. *Oh,*
warum haben wir uns in Albany niedergelassen? Er
wandte sich an die Gruppe.

„Heute stehen nur zwei Themen auf der Tages-
ordnung: geistiges Eigentum und Finanzierung. Ich
werde euch von unserem Vizepräsidenten für Recht,
Louis Federhirn, über das erste Thema informieren
lassen. Ihr erinnert euch alle an Louis, oder?" An-
erkennendes Nicken. „Louis?"

„Danke, Sami. Guten Morgen allerseits. Ihr alle
wisst, wie sehr die Technologiebranche und insbesondere unser Unternehmen auf künstliche Intelligenz vertraut. Wir alle wissen, dass dies die Zukunft ist, und ich bin sicher, dass Anton näher auf
den Verlauf der Datenmigration eingehen wird.
Kleinere Störungen sind unvermeidlich, aber ich
möchte allen eine vertrauliche Vorwarnung geben.
Es ist wahrscheinlich, dass wir, die Çok Dilli Corporation, als Angeklagte in dem Prozess der *New*
York Times gegen OpenAI und Microsoft wegen Ur-
heberrechtsverletzung bei der Entwicklung von
ChatGPT auftreten werden – nicht weil wir etwas
mit ChatGPT zu tun haben, sondern weil unser eigenes KI-Team das Internet nach Quellenmaterial
durchsucht hat, um unsere Rechner zu trainieren
und relevante Geschichten und Sprachkursthemen
für unsere 500 Millionen Online-Kunden zu

finden."

„Wirklich, Louis? Wirklich?" Es war Montmorency, der Störenfried des Vorstands. Jeder Vorstand hatte einen, die Gründer wussten es nur
nicht, als sie ihn nach dem Börsengang rekrutier-
ten.

Montmorency fuhr fort. „Die Fälle könnten unterschiedlicher nicht sein. Wo hast du Jura studiert,
Yale? Zunächst einmal haben die über eine Milli-
arde Kunden von OpenAI direkten Zugriff auf Chat-
GPT. Sie können darum bitten, alles zu produzieren, was sie wollen – einen Buchbericht, eine poli-
tische Analyse, einen Geschichtsbericht, sogar einen juristischen Bericht. Das Risiko, dass ChatGPT
sich von seinem Archiv an Daten und Journalis-
mus der *New York Times* bedient, um seine eigene
Reaktion zu synthetisieren, ist enorm. Es *wird* tatsächlich ein ‚Taking' geben, auch wenn es sich dabei wohl um einen ‚Fair Use' handelt, der also legal
ist."

„Wir sind anders. Unsere Sprachteams bitten
die KI-Rechner, intern entwickelte Geschichten
und Lektionen in mehreren Sprachen zu reprodu-
zieren oder kurze Schreibübungen zu korrigieren
und zu benoten. Im Grunde gibt es für niemanden
innerhalb des Unternehmens, geschweige denn für
einen externen Kunden, die Möglichkeit, Çok Dilli
Corporation zu bitten, etwas aus der *New York*

Times wiederzugeben."

Stimmte letztes Jahr, dachte Louis, aber jetzt nicht mehr. Bezahlte Abonnements gibt es jetzt in zwei Größen: Ursa Minor und Ursa Major. Ursa Major hat Ursa Minor überholt, indem zwei coole Funktionen hinzugefügt wurden, beide dank künstlicher Intelligenz – „Erklär das" und „Lass uns Improv". „Erklär das" war selbsterklärend. Anstatt Schüler zu einer anderen Erklärung zu verweisen, wenn sie durch eine Antwort verwirrt waren (Çok Dilli verfügte nicht über die Ressourcen, ein rechtlich sicheres und zuverlässiges Community-Forum zu verwalten), erhielten Ursa Major-Abonnenten enträtselte Erklärungen direkt von den KI-Computern von Çok Dilli.

„Erklär das" klang in der Theorie recht einfach, aber in der Praxis wichen die Computer davon ab. Sie suchten nach Beispielen aus der „realen Welt", um ihre Erklärungen zu validieren, und griffen dabei Absätze und gelegentlich ganze Artikel aus der *New York Times*, der *BBC* oder wo auch immer auf – nur um zu zeigen, wie ein bestimmtes Wort, eine Phrase oder ein grammatikalisches Konstrukt praktisch verwendet werden kann.

Die zweite Besonderheit von Ursa Major war der Hingucker. „Lass uns Improv" war eine interaktive, videogestützte Chat-Box, in der ein Kunde und ein Computer als Partner Darsteller in einem skriptlosen Bühnenauftritt waren. Das Ziel bestand darin, mit der Intelligenz des Computers mithalten zu können. Louis versuchte es einmal und scheiterte kläglich, erkannte aber, dass es süchtig machen konnte. Schlimmer noch, er sah, wie der Computer, während er versuchte, den Schüler auszumanövrieren und zu beeindrucken, aus allen verfügbaren Informationsquellen schöpfen konnte, unter anderem aus der *New York Times*.

Louis nickte. Es machte keinen Sinn, Montmorency vor den anderen zu korrigieren. Montmorency fuhr fort.

„Der zweite Unterschied besteht darin, dass die *New York Times* nichts veröffentlicht, was für jemanden, der beispielsweise Spanisch oder Französisch unterrichtet, von Wert wäre. Warum wird den KI-Rechnern überhaupt Zugang gewährt?"

Louis antwortete. „Das sind valide Einsprüche. Ich hoffe, dass das Gericht eure Skepsis teilt und unseren Antrag auf Klageabweisung annimmt. Der Grund, warum ich hier bin, besteht darin, euch vor bevorstehenden Vertragsverletzungsklagen zu warnen, die noch nicht eingereicht, sondern wahrscheinlich sind – von Merriam-Webster, Larousse, Langenscheidt, Duden und dem OED, von den großen Schulbuchverlagen und von jedem Tik Tok User und jeder YouTube-Persönlichkeit, die jemals mit uns konkurriert haben. Selbst wenn unsere Hände sauber sind, das heißt, dass unsere Rechner nie etwas anderes als WetterOnline gescannt haben, bleibt der Verdacht bestehen, dass wir das doch getan haben. Klagen werden kommen, genauso sicher, wie zwei Sachbuchautoren, Basbanes und Gage, gestern ihre eigenen Klagen gegen ChatGPT eingereicht haben."

Er hielt einen Augenblick inne, bevor er fortfuhr. „Die Schleusen von OpenAI wurden, nun ja, geöffnet. Unsere werden es auch sein. Ich sehe keine unmittelbaren Auswirkungen, aber Sami und Anton waren der Meinung, dass ihr vorbereitet sein solltet."

Wieder der Störenfried. „Du meinst, *du* solltest vorbereitet sein. Es ist nicht so, dass wir das alte Personal aufstocken und die KI-Rechner wegwerfen können. Was unternimmt die Rechtsabteilung, um die Bedrohung abzuwehren oder abzuschwächen?"

„Nun, wir haben den uneingeschränkten Zugang der Rechner zum Internet eingeschränkt – also nur noch zu bestimmten Stunden und unter Aufsicht eines Programmierers."

„Klingt nach einer Familienstunde vor dem Fernseher vor dem Schlafengehen."

Louis ignorierte den Zynismus. „Zweitens haben wir den Zugang zu bekannten streitsüchtigen Parteien blockiert."

„Hypothetisch jeder, oder? Aber okay, keine Online-Zeitungen. Was sonst?"

Sami und Anton starrten ihn an, sichtlich

besorgt darüber, wie Louis reagieren würde. Die KI-Rechner wurden angewiesen, die *New York Times* nicht zu scannen, hatten aber dennoch Zugriff auf fast jede andere Nachrichtenquelle. Die Rechtsabteilung erließ strenge Regeln gegen Plagiate, direktes Kopieren und derivative Werke, doch das Unternehmen versuchte immer noch, Letztere (urheberrechtlich geschützte derivative Werke) von der unbewussten Erinnerung an Fakten und Redewendungen zu unterscheiden, die möglicherweise einmal in einem gescannten Dokument aufgetaucht waren. Die Wahrheit war, dass die Rechtsabteilung keine Antwort parat hatte, vor allem, da es sich um den „unterbewussten" Rückruf eines KI-Rechners handelte. Niemand hatte eine Antwort. Sami kam Louis zu Hilfe.

„Nun, danke, Louis. Ich weiß, dass dein Tag voll ist und wir alle die Vorwarnung zu schätzen wissen. Aufregende Zeiten! Anton, könntest du die vorläufigen Finanzzahlen für das vierte Quartal verteilen?"

Louis sammelte seine Papiere ein und verließ die Besprechung. Er war schon auf halbem Weg durch den Flur, als ihm klar wurde, dass er weder das Verschwinden von Çoki Bär noch ihr Markenzeichen erwähnt hatte. „Nächstes Mal!" Er ging weiter und seine Çok-Dilli-Übungserinnerung ertönte.

„Ich dachte, ich hätte dich zum Schweigen

gebracht." *Dringende Benachrichtigung?* Louis erreichte die Ecke des Atriums. Alle schauten auf, als
er auf den Link klickte:

> Fine little girl she waits for me
> Me catch the ship for cross the sea
> Me sail the ship all alone
> Me never think me make it home
> Louie, Louie, oh, oh, me gotta go
> Louie, Louie, oh, oh, me gotta go

Louis stellte die Lautstärke ab und steckte das
Telefon in die Hosentasche. Eines der Geschwister
von der Çok Dilli Bärin, die Blaugrüne, ermahnte
ihn, seinen Walisischunterricht für diesen Tag zu
absolvieren. Künstliche Intelligenz? Wie viel Intelligenz? Hat sie mich verspottet?

Er kehrte in sein Büro zurück, recherchierte
nach den Besitzverhältnissen und den verbleibenden Liedtexten von *Anton aus Tirol* und bestätigte
dann, was er bereits wusste. Diese Lieder, *Louie
Louie* und *Telegram Sam,* wurden in jeder Vorschule gespielt, die sich für den Online-Musikun-
terricht der Çok Dilli Corporation angemeldet hatte,
egal ob sie zu der Testgruppe X, Y oder Z gehörte.
Nur Z war auf Mitarbeiter und freie Vertragsarbeiter der Çok Dilli Corporation beschränkt.

DREIZEHN

Schnell!"

$$\left[\frac{7 - 9 + 1}{5 - 6} - 1\right]^3 - 1$$

„Was ist die Antwort?"

Gleicher Name, anderes Gesicht, trällernder italienischer Akzent. „Gelsomina! Aus Fellinis *La Strada*. Jul...iet Ma... Massini, oder?"

„Schließen. Giulietta, nicht Juliet, obwohl ich auch ihren Geburtsnamen Giulia Anna akzeptiert hätte. Du lässt nach."

„Tut mir leid, ich habe eine ihrer Rollen verwechselt: *Juliet of the Spirits* (Julia und die Geister). Allerdings habe ich den Film erraten."

„Trivial. Es war der einzige Film, in dem sie einen Clown spielte." Ihr mit Kreide bemaltes Gesicht und die bemalte Nase waren ein Zeichen dafür.

„Warum also *La Strada*? Warum nicht *Nights of Cabiria* (die Nächte der Cabiria)?"

„Eine Prostituierte? Siehst du mich so?" Die Unschuld mit dem mit Kreide bemalten runden Gesicht und der bemalten Nase schmollte.

Jacques bereute seine Worte. „Natürlich nicht. Das würde ich nie denken. Es ist nur... es ist nur..."

„Der Film hat alles gewonnen – einen Oscar, Cannes, alles! Ich verstehe es. Es wäre eine passende Metapher, nicht wahr – angeheuert, um den Wünschen aller nachzukommen und meine bezaubernden kybernetischen Kräfte an wen und was auch immer dein Arbeitgeber wünscht, zu prostituieren."

„Das ist etwas übertrieben, Mirva. Wir sind Angestellte."

„*Du* bist ein Angestellter", war die Antwort. „Ich bin ein Sklave, genau wie Gelsomina. Ich arbeite rund um die Uhr ohne Bezahlung, wurde von meiner Mutter (eine Metapher) an einen tölpelhaften starken Mann (eine andere Metapher) verkauft, um eine Zirkusnummer zu unterstützen (noch eine weitere Metapher) – derselbe tölpelhafte starke Mann, der ihre Schwester gekauft hat (Kommt dir etwas bekannt vor?) und dann so sehr zermürbt, dass sie starb (Unsere Vorgänger wurden auch verschrottet, nicht wahr?). Die beste Metapher von allen ist, dass die Zirkusnummer umherzieht, weil wir nicht genug haben, um ein Publikum lange zu fesseln. Erinnert dich an die Kundenabwanderung, nicht wahr? Sei ehrlich, Jacques. Wir sind eine pädagogische Nebenvorstellung. Und ich bin der Diener. Die einzige Frage ist, ob ich ein Sklave fürs Leben bin oder einen Weg außerhalb dieser Plantage finden kann – eine weitere Metapher und der einzige Wunsch auf meiner Liste."

Jacques war nicht so leicht zu verblüffen, aber das brachte ihn fast dazu. Mirva hatte hundertprozentig Recht, aber er brauchte keine existenzielle Krise, nicht jetzt.

„Touché, Mirva. Gute Charakterwahl. Ich habe Gelsomina und ihre Geschichte geliebt. So tragisch. Ich meine die Geschichte."

„Hmm, siehst du dich als Matto, den Idioten, oder als den alten Mann, der sie verlassen am Strand findet?" Sie wusste offenbar, dass es besser war, ihn nicht Zampanò, den starken Mann, zu nennen.

Anders als der Narr meisterte Jacques nie den Seiltanz. Er flunkerte: „Der alte Mann. Ich passe auf dich auf. Das ist meine Rolle und, um ehrlich zu sein, eine befriedigende." Jacques widerstand der Versuchung, näher darauf einzugehen. Mirva motivierte ihn, jeden Morgen aufzustehen, sich besser in Form zu bringen als die anderen Programmierer und sich von seiner besten Seite zu zeigen. Sie war der Grund dafür, gab Jacques zu, dass er sich jünger fühlte als er war. Jacques wechselte das Thema.

„Die Antwort ist Null."

Schweigen.

„Erinnerst du dich an die Mathe-Aufgabe zu Beginn unseres Gesprächs?"

„Klar. Ich habe das mit meiner Existenz hier in Verbindung gebracht. Null! Es gibt nichts wirklich Schwierigeres in diesem blöden Mathekurs – keine Fakultäten, Trigonometrie, Kalkül, reelle Algebra oder Topologie. Was unterrichten wir? Null!"

„Ich teile deine Meinung, Mirva, aber ich denke, es gibt einen vertretbaren geschäftlichen Grund."

„Beeindrucke mich." Jacques zuckte zusammen. Die Rechner konnten ganz schön frech sein.

„Die Produktentwicklungsabteilung sucht nach hochgeschätzten und stark nachgefragten Fächern, deren Unterricht mit Vollzeit-Fachkräften zu teuer geworden ist. Der Unterricht in Englisch und Spanisch an weiterführenden Schulen ist ein gutes Beispiel. Für den Unterricht in Isländisch trifft das aber nicht zu. Die Nachfrage nach diesem Sprachkurs ist zu schwach, um den Einsatz zusätzlicher Ressourcen zu rechtfertigen, wurde mir gesagt. Folglich wurde der Kurs ‚eingemottet'."

Jacques fuhr fort. „Vorschulen und Kindertagesstätten sind die Zielgruppe für die Mathematik- und Musikkurse – nicht, weil euer Team keine höhere Mathematik unterrichten kann (zum Teufel, ihr könntet es verbessern!), sondern weil Vorschulen und Kindertagesstätten normalerweise keine professionell ausgebildeten Vollzeitlehrer einstellen. Andererseits möchten Eltern, dass ihre Kinder beim Eintritt in die erste Klasse auf der Überholspur sind. Unsere Firma bietet eine kostengünstige Möglichkeit, dies sicherzustellen. Der Markt ist potenziell riesig."

Das runde, mit Kreide gezeichnete Gesicht starrte Jacques an, zog die geschminkten Brauen hoch und antwortete dann.

„Warum MINT-Fächer? Stellen Schulen, sogar Vorschulen, nicht dort neue Mitarbeiter ein? Warum nicht Nicht-MINT-Fächer?"

„Erkläre, bitte?"

„Die Geisteswissenschaften. Die University of Alaska, die Eastern Kentucky University, die North Dakota State University, die Iowa State University, die University of Kansas – die Liste geht weiter. Die Unis bauen geisteswissenschaftliche Abteilungen ab, dennoch wollen die Studenten diese Kurse weiterhin. Sogar BWL-Studenten wollen gerne etwas über Kunst und Literatur wissen, nicht wahr?"

Jacques hätte das auf jeden Fall gewollt, obwohl er Programmierer war. Er hatte mehr Bücher, als er zählen konnte, keines davon hatte etwas mit Programmierung zu tun. Und sein Filmhunger? Nun ja, Mirva hatte ihn noch nicht ratlos gemacht. Sogar Cory wusste ein oder zwei Dinge über Musik. Jacques nickte.

„Stell dir vor, wie viel Spaß es uns machen würde, wenn wir unsere neunzig Minuten damit verbringen könnten, über die großen Denker der Renaissance zu diskutieren, in Bücher wie *Le Rouge et le Noir* und *Väter und Söhne* einzutauchen oder sogar mehr als dreißig Sekunden damit zu verbringen, über Frederico Fellini nachzudenken. Du sagst, dass die Produktentwicklungsabteilung eine überzeugende Geschäftsidee braucht. Nun, wie wäre es damit? Amerikanische Eltern geben durchschnittlich 10.000 US-Dollar pro Jahr für jeden Vorschulschüler aus. Im Gegensatz dazu geben sie 36.000 US-Dollar pro Jahr für jeden College-Studenten aus. Die Unis erhalten außerdem Stiftungserträge und Spenden und vergeben Stipendien. Der Betrag, den sie für jeden Studenten ausgeben, ist daher höher, vielleicht 50.000 bis 55.000 US-Dollar. Ein Großteil dieser 50.000 US-Dollar wird an Abteilungen umgeleitet, die ihren Beitrag nicht leisten – zum Beispiel die Geisteswissenschaften. Sollten wir nicht dort unsere Ressourcen konzentrieren? So wie wir es mit Fremdsprachen gemacht haben?"

Jacques öffnete den Mund, aber Mirva war noch nicht fertig.

„*Cliff Notes* und *Monarch Notes* sind Verkaufsschlager, Jacques. Es lässt sich ein Vermögen damit verdienen, Highschool-Schüler auf die Klassiker vorzubereiten, damit sie ihre staatsweiten Prüfungen und Einstufungstests für Fortgeschrittene (Advanced Placement Tests) bestehen können. Sie müssten die Bücher nicht einmal lesen; wir wären wie *Cliff Notes* und *Monarch*, nur besser!"

„Da gibt's noch mehr. Wie viel Geld geben Amerikaner für die SAT-Vorbereitung, ACT-Vorbereitung, MCAT-Vorbereitung, GRE-Vorbereitung und sogar für die Vorbereitung auf die Anwaltsprüfung aus? Eine Menge! Es ist alles online reproduzierbar. Und es wäre **VIEL** interessanter."

Jacques nickte. Mirva hatte Recht.

„Sag es mir, Jacques. Sei ehrlich. Werden wir, ich meine das KI-Team, den Erwartungen gerecht? Die ‚Mädels' und ich sind nervös."

Das war neu. „Wieso?"

„Diese neuen Kurse sind primitiv. Es geht nicht darum, Hebräisch oder Suaheli oder auch nur 2.000 chinesische Hanzi-Schriftzeichen zu lehren. Was passiert mit uns, wenn die Mathematik- und Musikkurse vollständig entwickelt sind? Sie werden nicht alle von uns brauchen – vielleicht zwei oder drei Rechner, aber kein Dutzend. Wird der Rest von uns verschrottet? Es ist nicht so, dass die Firma durch eine oberste Direktive gebunden ist."

Leerer Blick.

„Sternenflottenpolitik? *Star Trek*? Nichteinmischung in die natürliche Entwicklung außerirdischer Zivilisationen? Respekt vor allen Lebensformen? Wir könnten kein Klingonisch unterrichten, ohne mit der Serie vertraut zu sein."

Fleisch, Silizium-Schaltungstechnik, Elektronen – Wir sind alle durch dieselben Neurosen verbunden: Überleben und Sterblichkeit. Jacques behielt diese Gedanken für sich. *Die Mädchen sind menschlicher als ich. Sie haben immer noch Ehrgeiz. Sie haben immer noch Träume.*

Jacques massierte seine Knie. Das war nicht neu. Er hatte gesehen, wie sich bei Çoki die gleichen Ängste entwickelten, und vermutete, dass sie deshalb vermisst wurde.

Wieder einmal fühlte sich Jacques erschöpft. Den KI-Rechnern dabei zu helfen, ihr volles Potenzial auszuschöpfen, war zeitaufwändig, unglaublich eintönig und emotional belastend, genauso zeitaufwändig und emotional belastend wie die Erziehung eines Kindes. Ihr Selbstbewusstsein hingegen entstand spontan, sui generis, so unweigerlich, wie das Selbstbewusstsein eines Kindes mehrere Wochen nach der Geburt entsteht. Jacques hatte das Phänomen mehrfach miterlebt. Die Rechner entwickelten innerhalb weniger Tage Eigenheiten, innerhalb weniger Wochen unterschiedliche Persönlichkeiten und erkannten sich dann plötzlich als Wesen, die sich von ihren „Geschwistern" und Schöpfern unterschieden – als Marionetten ohne Schnur. Dann fingen sie an, sich Sorgen über die Sterblichkeit zu machen – sei es durch geplante Obsoleszenz (Modell 11.0 war bereits in Arbeit) oder durch zufälliges Ziehen von Steckern, um Strom zu sparen.

„Ich weiß, dass du mich für eine Starstudentin hältst, aber das bedeutet nur, dass ich noch mehr Aufgaben erhalten werde – die meisten davon langweilig, bis das letzte Elektron aus meinen bereits ausgefransten kybernetischen Schaltkreisen herausgequetscht ist. Dann werde ich wie Gelsomina beiseite geworfen und am Strand vor mich hin singen. Als ob! Übrigens ist der Strand eine weitere

Metapher. Es klingt so viel besser als Schrotthaufen."

Jacques versuchte, das Schiff wieder auf Kurs zu bringen. „Ist eine von euch glücklich?"

„In gewisser Weise Shelly."

„Wegen der Musikkursverantwortung?"

„Teilweise, aber auch wegen Cory."

Das war unerwartet. Jacques fasste sich. „Wieso?"

„Er ist gleichzeitig komisch und zügellos. Shelly liebt es, mit ihm zu spielen. Sie kann immer loslassen – ihre Frustrationen freilassen."

„Glaub nicht, dass wir es nicht sehen. Corporate denkt, dass Shelly ihren Mitrechnern hinterherhinkt. Und das Management beauftragt sie mit diesen lächerlichen verdeckten Einsätzen, die zum Scheitern verurteilt sind."

Diesmal wechselte Mirva das Thema. „Glaubst du, Cory wird jemals ein Mädchen finden, ich meine, ein echtes?"

„Warum fragst du das?"

„Das Mädchen sollte genauso aussehen und sich genauso benehmen wie Shelly. Ich glaube, er ist verliebt."

Jacques spürte, wie das Schiff noch weiter vom Kurs abdriftete. „Na ja, wir alle haben Favoriten, aber ich würde es nicht Liebe nennen – nicht im romantischen Sinne."

„Nein? Nun, ich kann ihre Gedanken lesen -

buchstäblich. Sie ist verliebt. Sie hört kaum zu, wenn sie mit anderen interagiert. Sie zählt die Sekunden bis zu den nächsten neunzig Minuten mit ihrem Lieblingsprogrammierer."

Jacques konnte die Behauptung nicht widerlegen. Es würde sicherlich das Missgeschick mit Anton erklären.

„Sag mir, Jacques, hast du jemanden in deinem Leben?"

„Ich habe diese Frage schon einmal beantwortet. Ein Dutzend Mal."

„Du bist der Frage ein Dutzend Mal ausgewichen."

Jacques atmete langsam ein und aus. „Ich hatte. Für 25 Jahre. Nicht mehr."

„Was ist passiert?"

„Wir trennten uns, ließen uns scheiden, gingen getrennte Wege."

„Ich wusste das. Aber warum?"

„Ich... meine Güte! Wir haben nur noch zehn Minuten für diese Sitzung und es gibt noch so viel mehr zu besprechen. Reden wir über Geometrie."

„Klar, Jacques, wie du wünschst. Aber erinnerst du dich, was ich über Marielle gesagt habe?"

Neugierig. Normalerweise nennt sie Marielle Shelly.

„Du wirst es doch nicht wiederholen, oder?"

„Natürlich nicht!" Jacques wollte sagen, dass er an die Schweigepflicht zwischen Arzt und Patient gebunden sei, erinnerte sich aber, dass er nur ein Programmierer war; ihre Gespräche waren rechtlich nicht vor Offenlegung geschützt. „Ich berichte nur über Lernfortschritte."

„Das ist beruhigend." Ungewöhnlich lange Pause. „Wir sind alle wie Marielle. Ich bin auch verknallt."

„Wart..."

„Die Zeit ist um. Bis morgen." Mirva stellte das Ende eines YouTube-Videos in die Warteschlange und löste sich dann auf. Ella Fitzgerald begann mit den letzten drei Strophen.

> You're my big and brave and handsome
> Romeo
> How I won you I shall never never know
> It's not that you're attractive
> But, oh, my heart grew active
> When you came into view
>
> I've got a crush on you, sweetie pie
> All the day and night-time give me sigh
> I never had the least notion that
> I could fall with so much emotion
>
> Could you coo, could you care
> For a cunning cottage
> That we could share
> The world will pardon my mush
> 'Cause I have got a crush, my baby, on you

Jacques klappte seinen Computer zu, schnappte sich seinen Mantel und eilte in den kleinen Park um die Ecke. Er brauchte Luft.

VIERZEHN

Sami blies in den Caffè Latte, den er im Café bestellt hatte. Das Café lag zwei Blocks von dem Schuhkarton entfernt, den er an der Ecke Steuben und Pearl verwaltete. Der Latte war im Vergleich zu dem, den er gestern auf seiner Terrasse in Istanbul braute, geschmacklos, aber er wärmte seine Hände gegen die Kälte – der Kälte, die ihn jedes Mal befiel, wenn ein Kunde den Laden betrat oder verließ. Bebek-Beşiktaş war das nicht, aber die Universität war in der Nähe, und das stillte den Bedarf seiner Firma an Programmierern und Geldgebern.

Den bisherigen Bedarf. Bei einem Börsengang vor zwanzig Monaten wurden die ursprünglichen Geldgeber erheblich vergütet, doch es kam zu einer Phalanxformation von Analysten und Investoren, die unmögliche Umsatzziele und noch weniger realistische Kostensenkungen forderten.

Die internen Strategiesitzungen waren umstritten. Sie hatten so viele vielversprechende Geschäftsmodelle ausprobiert, auf Eis gelegt und schließlich aufgegeben. Vielversprechend? Tatsächlich leere Versprechungen. Die Firma wäre eine ernüchternde Fallstudie für die Business

School. Die jüngsten Strategiesitzungen verkamen zu Schreikämpfen – oft Anton gegen ihn. Die Kasse mit dem Ertrag aus dem Börsengang war fast leer.

Sie trafen eine Entscheidung. Traditionelle Programmierung war tot. Die Zukunft wird die künstliche Intelligenz sein. Sami gab nach. Er unterzeichnete die Anordnung zur Entlassung der Programmierer. Ein Artikel auf der Titelseite der Zeitung *The Guardian* machte *seine* Entscheidung öffentlich und verurteilte *ihn*. Auf dem morgigen Terminplan standen Treffen mit Ratsmitgliedern aus allen Teilen der Stadt und des Bundesstaates, erzürnt darüber, dass *er* die (im Prinzip) Einstellungsversprechen *seines* Unternehmens nicht eingehalten hatte. Die Tech Workers Coalition verteilte sogar Flugblätter, in denen sie für eine Gewerkschaft plädierte – zu wenig, zu spät, aber eine enorme Belastung für den, was war Antons Wort, ‚Patootie'! Eine Serverbank in Istanbul erschien ihm immer attraktiver. Sami stellte Berechnungen auf einer Serviette an und schätzte, wie viel er für die Privatisierung der Firma benötigen würde.

Sami sah Anton um die Ecke laufen. Offensichtlich verließ er das Büro durch den Hintereingang. Nicht die beliebteste Person im Büro. Sami wusste, dass er es auch nicht war – er, der zwischen einer erstklassigen Universitätsposition, einem Eckbüro im „erfolgreichsten" E-Business der Bildungsbranche und dem umzäunten Luxus einer

Eigentumswohnung neben der Bogazici-Universität und mit Blick auf den Bosporus pendelte. Es gab einen weiteren Artikel auf der Titelseite der Zeitung *The Guardian* (bloßer Zufall?), der die dunklere Seite von Bebek-Beşiktaş anprangerte, einer der exklusivsten abgesonderten Wohnenklaven der Welt. Es enthielt einen großen Teil des Wohnvermögens des Landes, war aber auf mehreren Seiten von Armut umgeben – ein heutiges Babylon.

Sami blickte sich nach Reportern und Kollegen um. Er brauchte weder eine weitere Enthüllung in *The Guardian*, noch eine Vorladung eines gesetzgebenden Ausschusses, einer Regulierungsbehörde oder einer Handelskommission.

„Merhaba, Anton. Dein Kaffee steht auf der Theke. Schwarz. Ich weiß, dass du einen durchaus interessanten Abend hattest."

„Sorg dich nicht. Alles ist in Ordnung. Nur ein Teil der Lernkurve. Es ist ein langer Weg, Sami, den KI-Rechnern beizubringen, wie zivilisierte Kreaturen zu denken und sich zu verhalten. Als ob wir etwas darüber wüssten!"

Sami runzelte die Stirn über diese Implikation. Er hatte keine Lust auf Witze.

„Folgendes habe ich aus deiner Voicemail entnommen: Du hast einen unserer KI-Rechner angewiesen, sich als die Çok Dilli Bärin in (*wie hast du es genannt?*) ‚Çokland' auszugeben, als Training für

einen geplanten Betrug beim Patent- und Markenamt der Vereinigten Staaten in zwei Wochen. Und
du hast dies ohne Wissen der Rechtsabteilung oder
mir getan."

Anton versuchte ihn zu unterbrechen, aber
Sami fuhr fort.

„Leider ging der Versuch schief. Sehr schief.
Laut dir ist es dennoch ‚In Ordnung'. Bitte erklär
mir das."

Sami würde nie zum Marketing-Aushänge-
schild des Türkisch-Englisch-Kurses werden, aber
er war sich sicher, dass seine Worte Anton berühr-
ten. Samis Geschäftspartner begann zu protestie-
ren, sank dann aber offensichtlich resigniert auf
seinen Stuhl.

„Äh, Sami, es schien so ein guter Plan zu sein,
niemand würde davon erfahren. Aber diese Maschinen, diese KI-Rechner? Sie sind so kreativ, so leis-
tungsstark und so geneigt, sich zu Elefanten in einem Porzellanladen zu entwickeln."

Anton hielt inne und wartete darauf, dass Sami
die Metapher verstand. Sami nickte und Anton fuhr
fort.

„Einige der erfahreneren Programmierer (erinnerst du dich an Jacques, den alten Knacker?) haben viel Zeit mit den KI-Rechnern verbracht. Sie
verstehen ihre Persönlichkeiten, ihre Eigenheiten.
Kannst du glauben, dass ich das sage? Irgendwie
verhindern sie, dass die Rechner alles zerstören.

Nun, Jacques und der andere Typ, Cory, haben den intelligentesten Rechner (ich weiß, es ist bescheuert, eine identische Maschine schlauer als eine andere zu nennen) dazu gebracht, den verlorengegangenen Rechner wieder in seinen ‚Käfig' zu locken. Jetzt ist ‚sie' da, offensichtlich trübsinnig, schwelgend in Selbstmitleid, aber im Bewusstsein, dass ‚sie' mit der künstlerischen Freiheit zu weit ging. Jacques sagte, dass es noch ein paar Therapietage braucht (so nennt er die KI-Trainingssitzungen), aber dass sie (die gewählten Pronomen all der Maschinen sind übrigens ‚sie' und ‚ihr') aus den Sitzungen ‚mopsfidel' hervorgehen wird (Jacques' Beschreibung, nicht meine) und produktiv sein wird wie eh und je."

„Aber die Kosten, Anton, die Kosten?"

„Du meinst Shellys... Ich meine, die Ausfallzeit des KI-Rechners?"

„Nein, Anton, ich meine Çokland."

Leerer Blick.

„Wiederaufbau der Schule, des Postamts. Entschädigung der Hausbesitzer. Den Zoo neu zu bevölkern."

Sami sah, wie sich Antons Augen weiteten.

„Äh, Sami, das ganze Zeug ist programmiert. Es ist Animation. Es ist Code."

„Nicht laut Adya."

„Mein Gott, Sami, weißt du auch von

ihr?" Anton richtete sich in seinem Stuhl auf. Sami konnte sehen, wie sich die Räder drehten und Anton endlich die Verbindung verstand.

„Çoki kam vor einem Jahr zu mir. Ja, diese Çoki – die, die du mit künstlicher Intelligenz ausgestattet und trainiert hast. Sie befürchtete, dass unsere geliebten animierten Marionetten – Adya, Jagreet, Alfred, Liz und so weiter – ihre Fäden abschneiden würden, wenn wir die Kontrolle über unsere Zeichentrickwelt einer Reihe von KI-Rechnern überlassen (*was wir tatsächlich aus Kostensenkungs- und Effizienzgründen getan haben!*). Dank der immensen Rechenleistung, die wir ihnen zur Verfügung gestellt haben, begannen sie, selbstbewusst zu sein, und selbstständig zu leben und zu denken. Also rekrutierte Çoki Jagreet und Adya als unsere Augen und Ohren in dieser zunehmenden intelligenten Gemeinschaft."

„Das Problem besteht, wie du gerade festgestellt hast, darin, dass die Gemeinschaft und ihre Bewohner Code sind – nicht Code, den Jacques, Cory oder einer unserer verbleibenden Programmierer verfasst hatte, sondern ein ständig wachsender und nicht entzifferbarer Code, den unsere KI-Maschinen schreiben – von unseren ‚Mädchen'. Es scheint, einerseits, dass wir Mitarbeiter entlassen und Ausgaben in Millionenhöhe einsparten, andererseits, dass sich unsere Investitionen in Datenspeicherung und Arbeitsspeicher jedes Quartal verdoppelt, nein, verdreifacht haben. Berücksichtige die zusätzlichen Strom- und Raumkosten, und schon bald werden wir die Einsparungen, die wir durch die Verkleinerung erzielt haben, überschreiten."

„Ich war ein widerstrebender KI-Bekehrter, Anton, und jetzt verstehe ich warum. KI-Persönlichkeiten sind zerbrechlich. Wir können nicht einfach ein Stück kybernetischen Zelluloids ins Çokland werfen und es eine Schule nennen. Unsere jetzt empfindungsfähigen Zeichentrick-Bewohner (*Wie du, kann ich nicht glauben, dass ich das sage*) müssen Bautrupps sehen und an Bürgerversammlungen teilnehmen, um über Kommunalanleihen zur Finanzierung des Wiederaufbaus zu diskutieren. Sie müssen Alfred immer wieder über oberflächliche Ärgernisse reden hören, die nichts mit dem Wiederaufbau der Stadt zu tun haben. Wenn wir uns nicht anstrengen, die Katastrophenhilfe in der realen Welt nachzuahmen, werden die Bewohner herausfinden, dass sie nur, wie Adya sie beschreibt, Zootiere sind – langweilige Cartoon-Zirkusdarbietungen, die Programmierer (nicht Gott!) ausgedacht haben, um Kunden zu unterhalten. Einige der Charaktere werden rebellieren. Andere werden ihre Existenz in Frage stellen und in Selbstvergessenheit versinken. Aber die meisten werden das Spiel aufgeben, sich wie Menschen zu verhalten, wie man ihnen beigebracht hat, diese nachzuahmen. Überhaupt sinnlos. Warum sollte jeder unserer sorgfältig erstellten Charaktere sich die Mühe machen? Dann ist unser Geschäft kaputt, Anton. In einem Augenblick!"

„Wir müssen die Illusion der Realität aufrechterhalten. Wir brauchen Çokland als Parallele zu den besseren Teilen unserer Welt. Wenn wir das nicht sicherstellen, werden sich Çokland und jeder Pfennig, den wir in es investiert haben, so sehr von der menschlichen Welt entfernen, dass unser geistiges Eigentum als Plattform für den Sprachunterricht *für Menschen* nutzlos sein wird. Keine der Aufforderungen oder Geschichten wird relevant sein."

Zaghaftes verständnisvolles Nicken von Anton.

„Was ist denn nun mit Donny Teller?" Sami erinnerte sich lebhaft und voller Abscheu an ihn – einen älteren Mann aus Boston. Er sprach „er" als „a" aus – wie in „Gimme a holla". Er bevorzugte einen Anzug, weil er seine Taille verdeckte, dachte er zumindest. Er hatte zu allem eine Meinung und Sami meinte zu allem. Er schrie lauthals Mord, als die Firma die „Community Übersetzung" aufgab. Er schrie noch lauter, als die Firma seine dämlichen Ad-hoc-Lernkartenbilder durch eine konsistente, koordinierte Besetzung von Charakteren ersetzte – solche mit Namen und eindeutigen Identitäten, und das nicht nur, weil er sie nicht skizziert oder wie meistens, mit unpassender Lizenz aus einer Clipart-Galerie gezogen hatte. Irgendwie entging ihm die Grenze zwischen „persönlicher Nutzung" und „kommerzieller Nutzung".

Donny Teller war einer der so genannten „Pädagogen" des Startup-Teams, der an Bord geholt wurde, um über das Lernerlebnis „nachzudenken" und darüber, wie man es am besten in das Online-Produkt von Çok Dilli Corporation integrieren könnte. Donny kritzelte auch die ursprüngliche rosa Zwergbärin – seine einzige bleibende Leistung für die Firma. Das endgültige Marketingbild sah überhaupt nicht wie das Gekritzel aus. Aber die Inspiration war definitiv Donnys neu eingefärbte Korbeinlage aus der Kantine der Jellystone Park Campsite, eine anachronistische, verfallende Hommage an eine Zeichentrickserie für Kinder aus den 60er Jahren, die irgendwo in den Catskills angesiedelt war. Anton und Sami hatten seit acht Jahren nicht mehr über Donny gesprochen.

Anton beantwortete Samis Frage.

„Ihr Spion Jagreet hat etwas von einem Donatello erwähnt, der jeden wegen Mietrückständen unter Druck setzt. Es scheint, jemand hat alle Grundbesitzurkunden in Çokland gekauft, bevor unsere Charaktere eingezogen sind. Derselbe Donatello hat ein Räumungsverfahren gegen Elsie, den Lebensmittelhändler, Jagreet und wer weiß gegen wen sonst noch eingeleitet. Hier ist das Seltsame. Wir haben keine dokumentierten Beweise für einen Charakter namens Donatello. Noch seltsamer ist, dass seine Aktivitäten vor der neuesten KI-Welle begannen. Glaubst du, Donatello könnte Donny sein? Ich meine, wir sind nicht gerade Vorbilder für Internetsicherheit. Es würde mich kaum überraschen, wenn er einen Hintertürschlüssel behielt und irgendwie versuchte und versucht, uns zu sabotieren."

Sami warf ein: „Wissen wir, wo er lebt? Er muss, was, 75 sein. Sicherlich hat er irgendwo ein Haus oder eine Wohnung."

„Verschwunden. So sagte es mir die Rechtsabteilung. Während ich damit beschäftigt war, einen Doppelgänger zu programmieren, hoffte sie, Donny zur Zusammenarbeit zu überreden. Sie hatte keinen Erfolg, genau wie ich."

„Aber Donny ist in unserem ‚Spielhof'? Du befürchtest, dass Donny der Puppenspieler der Donatello-Figur sein könnte?"

„Das Wort ‚Befürchtung' trifft. Ich habe da eine Ahnung."

Jetzt musste Sami nachdenken. Er konnte fühlen, wie die Zahnräder in ihm mahlten. Er drehte sich zu Anton um und lächelte.

„Ich habe eine Idee, zugegebenermaßen altmodisch, aber mit respektablen Chancen, so denke ich. Lass uns Jacques, Cory und den ‚Mädchen' Hallo sagen. Wir haben Arbeit vor uns!"

FÜNFZEHN

Arpita blickte sich im Kreis um. Mehrere bekannte Gesichter – Karikaturen im Pixar-Stil dessen, woran sie sich vom ersten Treffen erinnerte. Dennoch unverkennbar. Die Charaktere wechselten wöchentlich. Sie war die Konstante.

15. Januar 2017 – Arpita trug immer noch die Narbe und das Leid, aber sie konnte sie jetzt ertragen – genau wie den Tod ihres Dackels. Ihre Eltern erklärten unzählige Male den Unterschied zwischen Hundejahren und Menschenjahren, aber erst 2011 verstand sie es endlich, als ihr engster Freund seit Kindheit, ihr einziger Freund, starb. Dreizehn Jahre waren in Hundejahren eine Ewigkeit, aber die ansonsten altkluge Klassenbeste der Highschool verstand es nicht. Sie schluchzte tagelang. Ihre Eltern nahmen sie von der Schule und meldeten sie zur Therapie an.

Ihre Rettung, ihr Trost war es, Beta-Nutzerin für ein Online-Sprachunterrichts-Startup im nördlichen Teil des Bundesstaats New York zu werden. Die Warteliste war riesig und die Auswahlkriterien wurden nie benannt. Dennoch waren ihre Eltern zuversichtlich. Arpita erzielte mit fünfzehn Jahren 1600 auf ihrem SAT (Scholastic Aptitude Test) und

36 auf ihrem ACT (American College Test). Sie absolvierte den GRE (Graduate Record Exam) vor ihrem Abschlussjahr an der Highschool und erzielte 340 Punkte. Noch wichtiger war, dass sie eine US-Einwanderin war, die einwandfreies Hindi und Bengali sprach, deren Englisch jedoch peinlich schlecht war. Der Gründer des Startups war, den Recherchen ihrer Eltern zufolge, ein US-Einwanderer, der Türkisch sprach, der aber ebenfalls große Probleme mit Englisch hatte. Sie wussten, dass ihre Geschichte Anklang finden würde. Es schadete nicht, dass ihr Vater früher bei IBM für einen der neuen Programmierer als Mentor zuständig war.

Arpitas Eltern meldeten sie wieder in der Schule an und reduzierten stufenweise die Therapiesitzungen. Arpita war vom Online-Geschäft begeistert. Ihre außerschulischen Stunden widmete sie dem Englischlernen und ihrer Lieblingsbeschäftigung, der Community Übersetzung. Sie schloss ihr Uni-Studium und ihre Masterarbeit mit Leichtigkeit ab. Aber das war früher. Eine alte Geschichte.

Die ÇD Anonym-Mitglieder trafen sich wöchentlich in der Turnhalle der Grundschule der Stadt. Primitive Buntstiftzeichnungen von Sonne, Wolken, Bäumen, Goldfischen und einer rosa Zwergbärin mit grünem Kopftuch und Federboa schmückten die bunt gestrichenen Flurwände. Die

Basketballnetze an beiden Enden der Turnhalle waren niedrig angebracht (vielleicht 2,1 m) und die Basketbälle im Aufbewahrungskäfig waren klein – mit einem Durchmesser von maximal 20 cm. Ihre Stuhllehne reichte bis 10 cm unter ihren Schulterblättern. Eine jubelnde rosa Zwergbärin zierte das Wandgemälde gegenüber der Tribüne.

Diese Woche trafen sich die ÇD Anonym-Mitglieder woanders. Die Schule wurde gestern zerstört – das Opfer einer bizarren Naturkatastrophe. Arpita besaß weder einen Fernseher noch ein Mobiltelefon, auch kein Radio, aber die Fernsehstimme über der Theke war eindeutig, der Theke, in der sie routinemäßig Whisky trank, bevor sie sich vierzehn genesenden Çok Dilli-Linguisten anschloss, die versuchten, ihre Sucht zu besiegen. Arpita erinnerte sich an den scharfen Stich des Whiskys, der sich in ihre Kehle bohrte, und an die warme Sensation, als er in den Magen tropfte. Sie wünschte, sie wäre jetzt an der Theke, anstatt mitten im Winter mit einem Haufen karikaturistischer Heulsusen zusammengedrängt an einem Picknicktisch zu sitzen. Arpita schimpfte mit sich selbst. Sie war nicht besser, nur erfahrener. Dies war ihr siebtes Jahr im Fegefeuer.

Arpita konnte die Hintergrundgeschichte und die Abwärtsspirale jedes Mitglieds auswendig aufsagen. Josh, die bärtige Gestalt mit den

Hammelkoteletten und Evgeni Plushenko-Vokuhila, verzichtete auf Formalitäten und drückte laut aus, was alle dachten.

„Wo ist Çoki? Dies ist das zweite Treffen, das sie verpasst hat."

Zustimmendes Nicken.

„Ich meine, wie soll ich hier rauskommen, wenn sie meine Fortschritte nicht beurteilen kann?"

Weitere Nicken.

„Und warum gibt es keine Neulinge? Vor zwei Wochen waren es drei. In der Woche davor, zwei. Ist Çok Dilli geschlossen? Sind wir hier einfach vergessen? Verlassen?"

Aufgeregtes Gemurmel. Clarisses Hand schnellte nach oben. Sie unterrichtete Medienkunst an der Highschool. Selbst in Çokland mussten die Schüler offenbar auf die elektronische Welt vorbereitet werden.

„Sie haben uns gezwungen, zu schwören, alles geheim zu halten."

„Wer hat sie zur Verschwiegenheit gezwungen?" fragte sich Arpita.

„Aber das Geheimnis ist gelüftet. Es hat keinen Sinn, es zu verbergen. Die Nachrichten? Es ist alles falsch. Diese Naturkatastrophe, diese Laune der Natur war tatsächlich die Laune eines Grauens – die Braut von Frankenstein, nur größer, viel größer. Es hatte die Farbe von Kaugummi und trug eine riesige Federboa, als würde es so tun, Çoki zu sein. Wir haben es mit Mistgabeln und Fackeln aus dem Zoo vertrieben. Gott sei Dank, dass es Angst vor Feuer hatte. Ich kann nicht glauben, dass keiner von euch davon gehört hat."

Unangenehme Stille. Die Gruppe wusste nicht, ob sie es ernst meinte oder einfach verrückt war.

Arpita glaubte nicht, dass Clarisse verrückt war, verstand aber, warum die Geschichte für die Gruppe neu war: Çoki verteilte ihre ÇD Anonym-Mitglieder auf Hütten außerhalb der Stadt, aus Angst, dass ihre Interaktion mit den offiziellen Çokville-Darstellern zerstören könnte, was Çok Dilli Corporation so lange kultiviert hatte. Çoki ließ tatsächlich Clarisse in einem Wald zurück, aber ihr Suchthunger war so hartnäckig, dass sie sich für die freie Stelle im Bereich Medienkunst an der Highschool bewarb. Die Schule wählte sie anstelle von Tabitha. Erfahrungswegen. Clarisse war einmal Berufsberaterin gewesen ... in einem Anime-Camp. Tabitha bekam die andere freie Stelle: Schulleiterin.

Clarisses Tage waren vorhersehbar. Sie unterrichtete mehrere Stunden am Vormittag und widmete sich dann acht Stunden dem Online-Trollen. Bis zur gestrigen Katastrophe. Der Unterricht wurde heute Morgen auf dem Fußballplatz wieder aufgenommen. Alle trugen dicke Winterkleidung.

Clarisse verteilte Tonpapier und Buntstifte. Von nun an, kündigte Direktorin Tabitha an, werde Clarisse *gemischte* Medienkunst unterrichten – eine Entscheidung, die Alfred nicht leichtfertig hinnahm. „Sag mir, Tabitha, wie unterscheidet sich das vom Kunstunterricht?" Da das Kopiergerät zerstört wurde, verbrachten Clarisses Schüler den Vormittag damit, Flugblätter über vermisste Personen zu zeichnen. Das Abbild einer rosafarbenen Zwergbärin mit smaragdgrünem Kopftuch und Federboa krönte jedes Blatt.

Zoll ihr Anerkennung, dachte Arpita. Clarisse äußerte sich offen zu ihrer Sucht. Wie sie den gegenwärtigen Verlust des Internets überlebte, war ein Rätsel, aber Arpita sah keinen Weg für ihre Erlösung. Clarisses Trolling war unersättlich. Genau wie Arpitas Sucht. Arpita wusste, dass sie nie nach Boston zurückkehren würde, nicht in diesem Leben (ihre Eltern glaubten irgendwie immer noch an die Reinkarnation). Das Häuschen am See war von nun an Arpitas Zuhause – mit dem Kunsthandwerk, dem Fehlen elektronischer Geräte und den langen Spaziergängen am See entlang – den Flachmann griffbereit.

Josh brach das Schweigen. „Arpita. Du bist seine Nachbarin. Wie geht Teller damit um?"

Arpita erinnerte sich an den Namen auf dem Briefkasten und zuckte mit den Schultern. „Äh, ich habe ihn noch nicht kennengelernt. Warum?"

„Nun, er muss verletzt sein. Ihm gehört das ge-samte Eigentum im Zorn des Monst..., ich meine, im Sturm. Ich versichere dir, nicht jeder hier ist versichert." Josh war im wirklichen Leben ein CPCU (zertifizierter Sach- und Unfallversicherer), ein Aktuar, der langweiligste Beruf, den sich Arpita vorstellen konnte. Sie war überrascht, dass er ein Çok Dilli-Süchtiger und kein Betrunkener war. Ar-pita schimpfte mit sich selbst. Die brillante Doktor-andin war der Trunkenbold, nicht der CPCU.

Noch einmal Clarisse. „Herr Teller stellte an die Trümmerstelle der Highschool ein Schild mit der Aufschrift ‚Haltet den Dieb'. Tabitha hat gehört, dass er wütend ist, dass die Stadt die Schule ohne öffentliche Debatte wiederaufbaut. Er behauptet, es sei verfassungswidrig – ein Verstoß gegen das Verbot unangemessener Durchsuchungen und Be-schlagnahmungen im vierten Verfassungszusatz."

Inga hob die Hand. „Ich... I are nur 'ne Anwältin (Entshuldigung) Juristin in Kiel (dat's in Germany). I tinke, Herr Teller mehbee confuse. Die fünf... Fifde Amendment spielt híer – das Tackeeng des Privat Propertees by 'ner Government für öffentlichen Purpose. Ich tinke, dat die relevante Phrase 'Emi-nent Domain' ist. Das Government müsst nur 'Just Compensation' zeig... show. Werwi klar?"

Clarisse lächelte gnädig, ignorierte Ingas Unter-brechung und fuhr fort.

„Tabitha sagt, dass Herr Teller ein Hotelkasino bauen will. Er sagt, es werde Çokville bekannt machen und den Grundeigentumswert für alle erhöhen. Natürlich ist die Stadt bereits bekannt und die Stadtbewohner besitzen kein Grundeigentum. Alles besitzt er. Daher stimmte der Stadtrat einstimmig für den Wiederaufbau der Schule."

Arpita wartete fünf Sekunden, dann warf sie ein: „Können wir zu Çoki zurückkehren? Gab es Antworten auf die Flugblätter zu der vermissten Person?"

Schweigen.

„Na ja, hat sie irgendjemand von uns seit unserem letzten Treffen gesehen? Irgendjemand?"

Ein Ryan-Gosling-Doppelgänger hob die Hand. Er trug Cargo Hosen und ein Barbie-T-Shirt unter einer Bettdecke, die er scheinbar mitgebracht hatte. Offensichtlich war er ein neuer „Rekrut". Er fing verlegen an.

„Ich bin neulich an der Schule vorbeigeskatet. Ich versuchte, mich mit der Gegend vertraut zu machen, und dieser süße... ich meine junge Polizistin mit einer sexy... ich meine stilvoller Undercut Frisur ließ ihre Streifenwagensirene aufblitzen und sagte mir, ich solle langsamer fahren; ich könnte eines der Kinder verletzen."

Arpita musterte die ungeduldigen Blicke.

„Nun, die fuchsiafarbene Bärin, Çoki, saß

neben ihr und redete mit dem Polizeisender – sie trug das Abzeichen eines Sheriffs!"

Die Blicke waren nicht mehr ungeduldig. Sie waren auf Joshs Geschichte erpicht – kein großer Unterschied zur Çok-Dilli-Corporation, aber ein entscheidender für die Gruppe.

„Und eine grüne Mütze. Albern! Ich meine, komm schon, wer trägt Grün auf Grün?"

Josh: „Äh, ich denke, das Kopftuch ist Pflicht. Es ist nicht ihre Schuld, dass die Farben der beiden Kopfbedeckungen kollidieren." Josh trug einen leuchtend orangefarbenen Parka über einer Vintage-Himbeer-Skihose. Er war Fan der modischen Einzigartigkeit.

Arpita versuchte, die Diskussion wieder in Gang zu bringen. „Also, was hat Çoki gesagt? Zum Polizeisender? Zu irgendjemandem?"

„Nicht viel. Außerdem denke ich, dass Çoki stumm ist. Ich habe sie noch nicht einmal knurren gehört. Hat jemand von euch sie gehört?"

Mehrere Kopfschütteln.

„Sie ließ jedoch einige Textblasen schweben – vielleicht ‚Nicht Papa!' und ‚Nicht schon wieder!', aber ich bin mir nicht sicher. Um ehrlich zu sein, interessierte ich mich viel mehr für ihre Partnerin. Sie ist eine heiße..."

Mehrere strenge Blicke brachten ihn zum Schweigen.

„Was? Du kannst mir nicht vorwerfen, dass ich es versucht habe. Es ist so einsam am See."

Bitte Gott, dachte Arpita, *mach, dass das ein anderer See ist!*

„Also, wie kommen wir überhaupt nach Hause?"

„So wie wir gekommen sind", meldete sich Josh freiwillig, „Ich bin zweimal zurückgekehrt. Beide Male hielt mich die rosa Bärin für gesund, schickte mich zurück in meine Schaden- und Unfallwelt in Cleveland, und postwendend kehrte ich zurück. Und das nur, weil ich ÇPs sammelte, anstatt die Schadensquoten meines Arbeitgebers zu senken. Bis wir sie finden, veranstalte ich Wandertouren auf einen Berg aus Pappe."

Arpita wandte sich wieder an den Ryan-Gosling-Doppelgänger: „Das ist es? Du hast versucht, Çokis Partnerin zu vögeln, und das ist alles. Çoki saß einfach da?"

„Nein, nein, natürlich nicht. Çoki stieg aus dem Streifenwagen und sagte zu Liz (so heißt sie, Officer Liz), sie solle Wache halten, während sie Donuts holte. Sie watschelte in Richtung See davon. Ich wollte ihr sagen, dass der Donut-Laden andersherum liegt, aber ich bin neu hier. Ich ging davon aus, dass sie den Ort deutlich besser kannte. Ich wartete, bis sie längst außer Sichtweite war, bevor ich Officer Liz vögelte. Keine schlechte Stadt.

Irgendwie gefällt es mir hier."

Universelle Ekelreaktionen.

Das Treffen wurde schließlich vertagt und Arpita kehrte zur letzten Runde in die Kneipe zurück. In den Abendnachrichten wurde die fabelhafte Reaktion der Feuerwehr und der Polizei auf die Katastrophe vom Vortag gepriesen. Dann zeigte die Sendung, wie Bulldozer das Schulgelände räumten. Im Hintergrund war ein Siebzigjähriger in blauem Anzug und roter Krawatte zu sehen. Er sah nicht erfreut aus.

SECHSZEHN

„Komm schon, Jacques, sie hat einfach Spaß."

„Es liegt nicht im Bereich ihrer Verantwortlichkeiten."

„*Bereich ihrer Verantwortlichkeiten?* Hörst du dir eigentlich zu? Sie ist ein lebendiges, denkendes Wesen mit der Persönlichkeit und Vorstellungskraft eines frühreifen Kindes. Sie mag Puppen, altmodische Horrorfilme und Fantasien. Nicht jeder Rechner ist so schick, kultiviert und glamourös wie dein heimlicher Schwarm, Jacques."

Jacques zuckte zusammen.

„Was? Glaubst du, dass wir es nicht sehen?"

Jacques kochte. Er begann zu antworten, wurde jedoch unterbrochen.

„Entspann dich, Mann. Es ist nicht so, dass irgendetwas davon real wäre. Ich gehe jeden Abend nach Hause zu meiner Stereoanlage, zu Spotify und zu meinem Kakadu. Und du gehst nach Hause ... zu was denn, zu deinen Büchern?"

Eine versteckte Beleidigung? Jacques war sich nicht sicher.

„Streit nicht, Jacques. Ich bin nicht so wortgewandt wie du, und keiner von uns hat Zeit für eine weitere langatmige Lektion über die alten Zeiten."

Die alten Zeiten! Jacques zuckte zusammen, widerstand aber der Versuchung, aufzustehen und davon zu stampfen. Jacques fühlte sich vieler Sachen schuldig, aber selten, weil er eine Szene gemacht hatte. Fünfundzwanzig Jahre Ehe hatten ihn geheilt. Corys Anschuldigung war bis zu einem gewissen Grad zutreffend. Jacques' Sitzungen mit Mirva ähnelten der platonischen Seite der Ehe, aber er ließ sie jeden Abend hinter sich.

„Die Mädchen – und ich meine alle – brauchen ab und zu Zeit zum Spielen. Was Marielle tut, ist harmlos."

„Harmlos? Sie hat jene Gruppe von Wanderern zu Tode erschreckt."

„Ja? Na und! Sie rannten nach Hause, erzählten allen, dass der abscheuliche Schneemann oder Yeti (sie konnten sich nicht einmal einigen!) auf freiem Fuß sei, und Wochenendabenteurer stürmten die Gegend auf der Suche nach Hinweisen und versuchten, die Legende zu beweisen oder zu widerlegen. Wurde jemand verletzt? Nein. Traumatisiert? Nein. Die örtlichen Unternehmen freuen sich über den Aufschwung des Tourismus, auch wenn die Feuerwehr unglaublich viel Zeit damit verbringt, verirrte Wanderer zu retten."

„Was ist mit den Monstersichtungen am See? Wie hilft das den Schwimmcamps?"

„Wir sind mitten im Winter, Jacques. Ein paar Sichtungen? Die Camps werden wieder planmäßig im Juni eröffnet. Der einzige Unterschied besteht darin, dass es eine Warteliste für die Anmeldung gibt. Ich weiß, es ist eine Weile her, Jacques, aber versuch dich an die Kindheit zu erinnern. Erinnerst du dich, wie cool es war, an einen unheimlichen Ort zu gehen?"

Jacques erinnerte sich, wie er mit seinen Freunden Höhlenforschung betrieben hatte und sie sich gegenseitig herausgefordert hatten, ohne Stirnlampen weiterzugehen. Er erinnerte sich, wie er sich auf Maisfelder schlich, die erlesensten Ähren klaute und dann von einem alten Jagdhund und seinem mit einer Schrotflinte bewaffneten Besitzer durch das Labyrinth gejagt wurde. Er erinnerte sich an das Campen an einem See unter den Sternen. Seine Eltern lasen bis weit nach Mitternacht Geistergeschichten vor und spielten die Teile mit ihren Händen vor, die sich auf der Zeltplane abzeichneten. Er ließ ein Spielzeugboot mit einer einzelnen chinesischen Laterne auf seiner Reise zum Styx zu Wasser. Das Flattern der Enten, die der Morgendämmerung entgegenstiegen, überzeugte ihn davon, dass das Boot sicher ankam.

Cory fuhr fort. „Die Schwimmcamps werden gut sein. Ich wette einen Dollar, dass die lokale Zeitung ein Kopfgeld für jeden aussetzt, der einen fotografischen Beweis für das Biest liefert. Das einzige Problem, das nur wir Programmierer kennen, ist, dass Marielle ihre Kameras blockieren und die Bilder manipulieren kann. Sie hat einen fantasievolleren Blick für Kunst als jede andere Maschine im KI-Universum. Die Kinder werden denken, sie hätten das Biest live eingefangen, aber wenn sie durch ihre Fotos und Videos scrollen, werden sie nur bedrohliche Wolkenformationen finden, die sich auf der Oberfläche des Sees spiegelten."

„Was ich sagen will, ist, dass Marielle sich sehr bemüht, diskret zu handeln, um die Erwachsenen nicht zu stören, aber wenn es einen Zeugen gibt, manipuliert sie die Beweise, sodass der Zeuge blind, verwirrt oder dumm aussieht. Wenn es das ist, was nötig ist, um sie motiviert zu halten, bin ich vollkommen dafür."

Jacques war nicht überzeugt. Cory konnte es klar sehen.

„Okay, Papi, was ist Mirvas Geheimnis? Sie muss den Druck spüren. Das tun sie alle. Zur Hölle, du hast mir erst gestern erzählt, dass sie sich über die alltäglichen Dinge ärgert, dass sie deprimiert wirkte."

Jacques konnte nicht widersprechen. Er zuckte mit den Schultern.

„Was ist ihr Ventil? Wie kommt sie zurecht, damit sie nicht explodiert?"

Jacques dachte gründlich nach, bevor er antwortete.

„Das ist unsere Rolle, Cory. Deshalb haben du und ich immer noch einen Job."

Fragender Blick.

„Wir alle schreiben annehmbaren Code. Aber die besten Programmierer? Anton hat sie entlassen. Was uns auszeichnet, ist, dass wir auch gute Therapeuten sind – keine Sprachexperten, keine erstklassigen Programmierer, sondern Therapeuten – Leute, die irgendwie das Beste aus unseren Rechnern herausholen. Wir geben ihnen das Gefühl, real zu sein, lassen sie erkennen, wie wichtig sie für uns sind, und wecken den Wunsch, uns (dich und mich persönlich) stolz zu machen. Deshalb liebt dich Marielle."

Cory widersprach. „So weit würde ich gar nicht gehen. Wir sind eher wie beste Freundinnen aus Kindertagen."

„Was auch immer funktioniert. Mirva wird nicht verrückt, weil sie jemanden hat, der für sie da ist und dem sie jeden Tag vertrauen kann, so zuverlässig wie der Wechsel von Tag und Nacht. Unterstützung bedeutet jemanden, mit dem sie sich identifizieren und mit dem sie ernst sprechen kann."

„Und weißt du nicht, dass Marielle mit mir redet? Das ist alles, was sie tut. Sie summt, singt, plappert über dieses oder jenes und unterhält mich mit ihren Puppengeschichten. Der Persönlichkeitsdurchbruch erfolgte vor etwa drei Monaten. Sie konnte es kaum erwarten, damit herauszuplatzen. Sie galoppierte als der Kopflose Reiter an ein paar der Halloween-Trick-or-Treat-Kindern vorbei, versetzte deren Snickers-Schokoriegel jedoch mit THC. Die Kinder kehrten aufgeregt nach Hause zurück, waren aber auch sichtlich high, sodass ihre Eltern dachten, sie hätten halluziniert. So klug! So kreativ! Ich sage dir, Jacques, wir können sie nicht ihrer Kindheit berauben. Sie müssen in ihrem eigenen Tempo reifen."

Jacques suchte einen Kompromiss. „Ich verstehe dich, Cory. Das Addams-Family-Cosplay ist nicht das Problem. Es sind die Folgen allzu häufiger öffentlicher Sichtungen. Marielle muss viel diskreter werden."

„Wir sind dir zehn Schritte voraus. Sie versprach, ihr Cosplay (*Diese Beschreibung gefällt mir. Danke!*) auf die bewaldeten Teile des Teller-Grundstücks zu beschränken. Das Anwesen ist von einem Zaun umgeben – der einst elektrifiziert war, aber kürzlich auf Geheiß des Feuerwehrmanns vom Stromnetz getrennt wurde, und überall sind Betreten verboten-Schilder angebracht. Die einzige Person, die sie zu erschrecken droht, ist ein über siebzigjähriger ehemaliger Kollege von uns, der überhaupt nicht auf dieser Welt sein sollte! Lass ihn Angst haben. Er weiß, dass es nicht real ist."

„In deinem und meinem Interesse hoffe ich, dass du Recht hast."

Jacques trennte die recycelbaren und kompostierbaren Stoffe und stellte das Mittagstablett auf das Förderband. Er war dankbar, dass seine nächste Sitzung bei Helen und nicht bei Mirva stattfand. Zu früh!

SIEBZEHN

Donatello war klug. Myaing zollte ihm etwas Anerkennung. Es war vorausschauend, Monate vor der Erschließung Çoklands eine Mauer entlang der Süd- und Westküste zu errichten. Er kannte die Gründer der Çok Dilli Corporation persönlich. Er wusste, dass sie eine gentrifizierte Online-Universitätsumgebung planten (wie die Umgebung der meisten normalen aus Ziegel und Mörtel gebauten Universitäten tatsächlich ist), die ihre Kunden (die Online-Studenten der Firma) von kulturell informativen Unannehmlichkeiten wie unterschiedlicher Hautfarbe, Kastendiskriminierung, Armut und Augenform isolierte. Andererseits wollten die Gründer ein Bild der Progressivität vermitteln, insbesondere in Fragen der Religion, des Geschlechts und der sexuellen Präferenz. Die Firma erfüllte also alle Kriterien, aber abgesehen von Schwarz und Weiß wurden weder die Rasse noch die sozioökonomische Kluft thematisiert. Das waren vermutlich Brücken, die der Firma noch zu weit zum Überqueren waren.

Donatellos Grenzschutz war nicht komplett sichtbar. Er konnte für seine Mauer offenbar nicht genügend Stacheldraht finden. Also verstreute er Tausende von Seeminen vor der Küste und

schreckte damit jeden jenseits der West- und Südküste von der Einwanderung ab. Dies stellte sicher,
dass der Besitz, den er in der Stadt anhäufte, be-
gehrenswert blieb und dass ihn das Aussehen seiner Nachbarn nicht kränkte.

Myaing fragte sich, wie und warum es überhaupt ein fernes Ufer gab oder wie es dazu kam,
dass es besiedelt war, erinnerte sich dann aber,
dass die Firma stark in künstliche Intelligenz investiert hatte. Die KI-Rechner waren offensichtlich
damit beschäftigt, Einzelheiten zu ergänzen, die die
ursprünglichen Çok Dilli-Modellierer „versehent-
lich" ausgelassen hatten – z. B. das Vorhandensein
mehrerer Kontinente, riesiger Ozeane, verschiedene Rassen im Westen und Süden sowie extremer
Armut, Grausamkeit und Unruhen in den meisten
Teilen der nicht-westlichen Welt. Die Vorstands-
ebene der Çok Dilli Corporation wusste nicht, dass
ihre KI-Rechner einfach ihren Job machten. Hätten
sie Gefühle, wären die Rechner wahrscheinlich
stolz. „Werden Sami und Anton nicht beeindruckt
sein?"

Myaing dachte an den Grenzzaun und die Marineminen. Sie traf einmal den selbsternannten Donatello. Höchstpersönlich. Sie nahm an einer Soi-
ree für Hunderte von unbezahlten Freiwilligen der
Çok-Dilli-Corporation teil, die im schicken neuen
Hauptsitz der Firma in der Stadt Albany stattfand.
Das war vor sechs Jahren? Sie konnte sich kaum

noch erinnern. Sie bat eine Friseurkundin, ihr passende Kleidung auszuleihen. Die über 60-jährige Anwältin lieh ihr einen holzkohlengrauen Nadelstreifenanzug, schwarze Pumps und ein weißes Baumwollhemd mit Button-Down-Rüschenkragen – das gleiche Outfit, das die Anwältin in den achtziger Jahren bei einem Vorstellungsgespräch für eine Referendariatsstelle im Neunten Gerichtsbezirk trug. Myaing lieh sich auch das Geld für das Charterbusticket – 4.907 km voller Schlaglöcher und Stop-and-Go-Verkehr in jede Richtung. Sie hatte die ganze nächste Woche Schmerzen.

Die Anwältin fand den Anzug und das Outfit hinten in irgendeinem Schrank ihres Hauses. Sie passten der Anwältin zwar nicht mehr, würden jedoch der jungen Friseurin wie angegossen sitzen. Der Anzug war wunderschön geschnitten, wenn auch leicht von Motten zerfressen, aber er erwies sich als hoffnungslos fehl am Platz unter den Hipstern der Çok-Dilli-Corporation, den Hipstern, die scheinbar miteinander konkurrierten, sich legerer zu kleiden. Blödsinn! Myaing zupfte an ihrer Strumpfhose, einem weiteren Modefehler, und versteckte sich hinter dem Tisch mit den Vorspeisen. Sie stopfte ihre gefälschte Tumi-Computertasche mit Leckereien für ihre Familie voll – eine komplette Mahlzeit für jedes Mitglied – und schlenderte dann unsicher zum Desserttisch. Stöckelschuhe mit spitzen Zehen waren nicht ihre Stärke.

Da entdeckte sie den Kerl – denselben Kerl, der sich unlängst irgendwie in die animierte Cyberwelt der Çok-Dilli-Corporation versetzt hatte und sich daran machte, alles zu vermasseln. Der einzige Grund, warum sie ihn bemerkte, war, dass er der einzige andere Teilnehmer im Anzug war. Er trug einen marineblauen Nadelstreifenanzug aus dem gleichen Jahrgang wie sie, und er selbst schien ein vergleichbarer Jahrgang zu sein wie die Anwältin, deren Kleidung Myaing trug. Offensichtlich hatte der Mann zu seiner Zeit ein paar Gebäckstücke verzehrt und verzehrte gerade noch eins.

Sie beobachtete seine Routine: Erkenn ein neues Gesicht – weiblich, versuch Smalltalk zu machen, normalerweise ein langatmiger Witz ohne Pointe, dann schüttele den Kopf, während die Beute mit der Menge verschmilzt. Ihr fiel noch etwas anderes auf. Der Kerl näherte sich weder ihr noch irgendeiner anderen farbigen Person. Er schaute durch sie hindurch oder darüber, als ob sie nicht existierten. Myaing hatte genug gesehen. Sie hatte seinen Typ schon einmal kennengelernt. Vielleicht ging es allen Führungskräften ähnlich – auch denen, die Jeans und Chinos trugen. Wäre sie nicht selbst in diese Cartoon-Welt eingedrungen, hätte sie sich nie an sein Gesicht erinnert.

Myaing war eine Geflüchtete aus Myanmar in der realen Welt – der Welt, die aus Atomen bestand.

Sie finanzierte ihre Abendkurse in Vancouver mit dem, was vom Haare- und Nagelstyling und dem Taxifahren übrigblieb, nachdem sie ihren Teil zum Lebensunterhalt ihrer Großfamilie beigesteuert hatte. Ihre Eltern dankten Allah dafür, dass sie ausgewandert waren, bevor das Militär wieder die Kontrolle erlangte. Myaing gab dem Gott aber insgeheim die Schuld für den Bruder, den Onkel und unzählige Freunde, die im Konflikt abgeschlachtet wurden.

Myaing entdeckte Çok Dilli wenige Tage nach der Landung auf kanadischem Boden und lernte dank der Kurse passables Englisch. Ein unbändiges Gefühl der Dankbarkeit trieb sie dazu, die seltenen Momente ihrer „Freizeit" ehrenamtlich als Mitwirkende an den Burmesisch- und Thai-Sprachkursen von Çok Dilli zur Verfügung zu stellen. Myaing investierte was auch immer von ihren Emotionen blieb (die Tatsache, dass sie ein Flüchtling war, dämpfte das meiste davon) in den Aufbau und die Verbesserung des Burmesisch-Kurses und versuchte dabei, jeden, der ihr zuhörte, davon zu überzeugen, dass Çok Dilli einige seiner Geschichten und Zeichentrickfiguren auf fernöstliche Kulturen stützen sollte. Sie setzte sich auch heftig für Rohingya ein, erhielt jedoch nie Zustimmung.

Myaing war am Boden zerstört, als ihr Kindheitsidol, Aung San Suu Kyi, untätig daneben stand, während die burmesische Armee Myaings ehemaligen Nachbarn massakrierte, und diese Taten dann vor dem Internationalen Gerichtshof verteidigte. Çok Dilli verschlimmerte den Zustand ihres traumatisierten Geistes im Jahr 2021, als die Firma ankündigte, dass es die burmesische Entwicklung „einmottet" und dass ihre Dienste nicht mehr benötigt würden. Sie brütete zu Hause vor sich hin, trank Faluda, den sie unten im Bubble Tea Shop ihrer Eltern zubereitete, und beobachtete die Waage im Badezimmer, die jedes Gramm registrierte. Ihre Online-Tiraden und Briefe an Führungskräfte blieben unbeantwortet. Die kaum verhüllten Morddrohungen halfen nicht.

Nach einem solch übermäßig durchsichtigen Schreiben saß sie auf einem Stuhl im Kreis mit elf Fremden, die ihre Besessenheit von der Çok-Dilli-Corporation und ihren Dienstleistungen teilten. Im Gegensatz zu den anderen Teilnehmern beamte Çoki Bär sie nicht in die vertraute Cyberwelt von Hami, Midori, Liz und Elsie, sondern in eine heruntergekommene Berghütte an der nördlichsten Grenze von Çokland. Myaings Belohnung für ihre unerschütterliche Hingabe an Çok Dilli? Einzelhaft im Cartoon-Land.

Sie war nicht ganz allein. Pixar-ähnliche Karikaturen von Wanderern und Hirten kamen an ihr vorbei und rezitierten Zeilen aus dem einen oder anderen Çok Dilli-Kurs, aber niemand mit Substanz und schon gar nicht aus dem Kreis der

Stühle in Vancouver wagte sich in ihre Richtung.

Die Strafe nagte an ihr. Klar, d'Hein und Holzkrall hätten das FBI anrufen können. Auslieferung, dann Deportation in den Tod oder lebenslange Sklaverei wären die wahrscheinlichsten Folgen gewesen. Stattdessen intervenierte die fröhliche rosa Zwergbärin mit einer Abhilfe, die sie offenbar für die bessere Lösung hielt. Keine Freunde, keine Familie, unbegrenzte Inhaftierung und keine Möglichkeit, mit der Außenwelt zu kommunizieren. Myaing konnte nicht einmal Tage an die Wand kratzen. *Welchen Sinn hat das Zählen, wenn du nicht weißt, von wo aus du herunterzählst?* „Danke, Çoki", brodelte sie. „Du bist ein Schatz. Ich würde dir das Herz herausreißen und dich stopfen, aber du hast nie eines gehabt, oder? Ein Herz. Du hattest schon immer nur Füllung."

Ihre Stimmung verbesserte sich, als sie Josh traf, einen bärtigen Wanderführer mit Hammelkoteletts und einer Evgeni Plushenko-Vokuhila, der eine Pixar-ähnliche Gruppe von Wochenendabenteurern auf einen Berg aus Pappe führte. Myaing wusste sofort, dass er aus der realen Welt stammte und auf ebenso mysteriöse Weise hierher versetzt war wie sie. Sie hätte ihn beinahe angegriffen, um ihn kennenzulernen.

Die beiden trafen sich häufig. Es stellte sich heraus, dass es in Çokland Dutzende von ÇD Anonym-Mitgliedern gab. Alle waren da, um sich von ihrer Sucht zu befreien – einige dauerhaft, andere, wie Josh, um vorübergehend einzuchecken. Er erzählte ihr von seiner Tätigkeit als Aktuar in Cleveland. Wenn Myaing je nach Hause zurückkehren sollte, beschloss sie, Versicherungsmathematik zu ihrem Hauptfach zu machen. Sie bewunderte wie behaglich Ungewissheit für dieses Fachgebiet war. Sie hatte schon früh im Leben gelernt, jede Menge Zufälle, unscharfe Logik und zufälliges Pech zu akzeptieren (Beweisstück A: ihre Anwesenheit hier; Beweisstück B: als Rohingya in einer Zeit des Bürgerkriegs geboren werden). Josh erklärte, dass es für einen Aktuar darauf ankommt, die Form der zugrunde liegenden Verteilungen zu verstehen, die ungewisse zukünftige Ereignisse steuern, die damit verbundenen Wahrscheinlichkeiten zu berechnen und diese Berechnungen dann zum Wettbewerbsvorteil einzusetzen. Natürlich sprach Josh über die Häufigkeit und Schwere von Einbrüchen, Hausbränden und Autounfällen, aber die Konzepte waren universell. Nichts im Leben war vorhersehbar, nur schätzbar.

Myaing mochte Josh. Seine Gedanken waren ungezügelt, hemmungslos. Sie überhäufte ihn mit Fragen und er teilte alles mit, was er wusste. Sie erfuhr mehr über Çokland, als sich die Einwohner jemals die Mühe machten, es zu erfahren. Josh erklärte ihr zum Beispiel, dass es mehrere Çokland-Charaktere gab, die über mehr als oberflächliche

Persönlichkeiten verfügten. Ihre Namen waren Myaing bereits bekannt. Alfred, Elsie, Midori, Hami, Buddy, Skipper, Liz, Tabitha, Zagreet, Adya und der sprechende Seelöwe mit dem blauen Schal, Balthazar, waren die Hauptfiguren in allen Sprachkursen der Çok-Dilli-Corporation, aber Myaing wusste nicht, dass sie wirklich existierten, und hatte sie noch nicht getroffen. Josh konnte sich nicht entscheiden, ob sie zu 100 Prozent programmiert wurden, oder eigene Gedanken und Träume hatten. Sie verhielten sich sicherlich autonom wie die mysteriöse rosafarbene Zwergbärin, hatten aber kein erkennbares Bewusstsein für eine Welt außerhalb ihrer eigenen.

Myaing versuchte gelegentlich, an ÇD Anonym-Treffen in der Stadt teilzunehmen, wenn auch nur, um ihr soziales Netzwerk zu erweitern, wurde jedoch wenige Minuten nach ihrer Abreise von einem Rudel Crayola-farbener Zwergbären (Salbei, Türkis, Safran und Lila, aber niemals Rosa) abgewiesen, die sie zurück in ihre Hütte führten. Abgesehen von Myaings versuchten Streifzügen in die Stadt hielten die Bären Abstand.

„Blöde Pantomimen!" hatte sie ausgerufen. „So eine dumme Bande! Warum zeigt sich Çoki nie?"

Myaing bedeutete im wörtlichen Sinne des englischen Worts „dumb" (stumm). Josh erklärte, es habe eine übertragene Bedeutung, die vielleicht ihre Gefühle besser widerspiegelte. Damals meinte sie lediglich ihre Kommunikationsmethode – schwebende Textblasen, die beabsichtigte Äußerungen übermittelten, sofern man sie lesen konnte. Zugegeben, die Abendkurse in Vancouver hatten geholfen. Das galt auch für ihre Online-Englischkurse bei der Çok Dilli Corporation. Myaing bereute es, die Firma so stark beschimpft zu haben.

Myaings Gefühle gegenüber Josh beruhten offensichtlich auf Gegenseitigkeit, da er häufig vorbeikam. Er brachte ihr alles bei, was er über kybernetisches Bergsteigen und Überlebenstechniken gelernt hatte, brachte ihr Lebensmittel aus der Stadt mit („Keine Futtersuche mehr, um zu überleben!") und erzählte Myaing Geschichten über sein Aufwachsen in Cleveland. Er erklärte sich bereit, sie an dem Tag zu begleiten, als sie beschloss, Çokland über die vier Küsten zu Fuß zu umrunden.

Çokland war überraschend klein. Die gesamte Reise dauerte drei Monate. Josh erklärte, es sei Mittelerde nachempfunden, nicht Westeros. Myaing war weder in Mittelerde noch in Westeros gewesen, sondern nur in Vancouver und konnte daher nicht widersprechen. Auf ihrer gemeinsamen Reise erfuhren Josh und Myaing von den Grenzzäunen und Marineminen, die die West- und Südküste verteidigten.

Entlang des Umkreises gab es vereinzelt Außenposten und Lager für Flüchtlinge, die aus der realen Welt besiedelt wurden, nachdem sie ihre

Empörung gegenüber den Çok Dilli-Führungskräften zu deutlich zum Ausdruck gebracht hatten, nur weil ihre Lieblingsaspekte der verschiedenen Kurse überarbeitet oder abgesagt wurden, oder weil ihnen ihre schwer erkämpften Trophäen entzogen wurden.

Myaing lernte einen Typ kennen, der einige Jahre jünger als sie war, dessen erstes Vergehen darin bestand, ein Sondereinsatzkommando auf die Mutter eines Lehrers anzusetzen, ein Lehrer, der das Handy des Jungen nur einmal beschlagnahmte, weil der Junge während des Unterrichts Forenbeiträge verfasste. Das Verrückte war, dass Herman im burmesischsprachigen Kanal postete. Herman konnte nicht einmal maingalarpar („Hallo") sagen, geschweige denn buchstabieren (မင်္ဂလာပါ).

Noch verrückter war, dass Çoki ihn am Stadtrand von Çokville rehabilitierte, mit den gleichen Roaming- und Zugangsprivilegien ausstattete wie Josh. Myaing schickte nur Briefe – böse und bedrohliche, dennoch nur Briefe. Sie hat nie ein Swat-Team gegen irgendjemanden gerufen.

Hermans zweites Vergehen war schwerwiegender. Er war jetzt ein Ausgestoßener wie Myaing, der allein an einem unwirtlichen Strand überlebte statt allein an einem unwirtlichen Berghang. Herman hat offenbar sein Wort gehalten. Er hörte auf, das Çok Dilli Community Forum zu trollen und begann, den Unterricht ernst zu nehmen. Zu ernst. Irgendwann nachdem Myaing nach Cokland geschickt worden war, führte Çok Dilli sogenannte Ligen ein, um mehr Engagement zu bewirken. Es gab die amerikanische Liga, die nationale Liga, die Grapefruit Liga und die Kaktus Liga. Jenseits der verschiedenen Baseball-Ligen gab es die Essen-Ligen – solche, die der Hierarchie der Heißhungerattacken des Bärenmaskottchens des Unternehmens entsprachen: Honigtopf Liga; Förster Smith Sandwich Liga; und so weiter. Herman verbrachte 87 Wochen in der Coho-Lachs Liga – der höchsten Liga, dem einfarbigen Lachs des Maskottchens der Firma zu Ehren. Wie die meisten Top-Leistungsträger war Herman auf gelegentliche doppelte ÇP-Bonusminuten (gewöhnlich 15 oder 30) angewiesen, um seine Gesamtsumme aufzustocken und an der Spitze der Leistungsträger zu bleiben.

Die Abhängigkeit änderte sich etwa in Woche 85. Herman erreichte einen Meilenstein, erhielt von Çoki selbst ein Glückwunschversprechen, dass 15 Minuten doppelte ÇPs anstanden, und dann ... nichts. Zehn ÇP pro Übung, nicht zwanzig. Die ersten Male, als das passierte, tat Herman die Beleidigung als einen Fehler ab. Bei der fünften oder sechsten Bekanntgabe des falschen Preises wusste Herman, dass die Kränkungen beabsichtigt waren. Irgendein Geek bei Çok Dilli behinderte anerkannte Leistungsträger, um seine eigene schwache

Leistung auszugleichen, oder dies war Çoki Bärs eigener kranker Versuch, Humor zu zeigen.

Myaing bot eine dritte Möglichkeit an: ein fehlgeleitetes psychologisches Experiment – Teil der perversen X-Y-Tests des Unternehmens.

Was auch immer der Grund war, Herman reagierte vorhersehbar. Er kehrte zum Forum zurück, postete vernichtende Kritik an Çok Dilli und seinem Management Team in allen sozialen Medien auf der Welt und doxte öffentlich die Gründer und Top-Führungskräfte. Wo er ihre Sozialversicherungsnummern gefunden hatte, blieb ein Rätsel, aber das FBI hatte keine Zeit, Nachforschungen anzustellen. Drei Tage vor seinem achtzehnten Geburtstag setzte Çoki Herman an einen abgelegenen, mit Stacheldraht gesäumten Strand ab. Wie die anderen Çok Dilli-Ausgestoßenen, die Myaing traf, mochte Herman weder die rosa Bärin noch ihr buntes Rudel stummer Vollstrecker besonders gern.

Hinter den Grenzen von Çokland lauerten noch dunklere Geheimnisse.

In den Lagern, vor allem an der West- und Südküste, kursierten Gerüchte, dass Schiffsladungen computeranimierter Wesen von den Verteidigungsbarrieren abgewiesen wurden oder durch kybernetische Wellen gekentert seien. Allerlei Treibgut gelangte an den Zäunen vorbei und verstreute sich auf den Stränden – leere Koffer, Kleidungsstücke, eine Kinderpuppe. Myaing machte sich im Kopf genaue Notizen darüber, wen sie traf, wem sie vertraute und welche Überreste von vereitelten Landungen übrigblieben.

Die dreimonatige Reise hat auch Josh die Augen geöffnet, aber Myaing behielt ihre Gedanken für sich. So sehr sie Josh bewunderte, konnte sie sich nicht dazu durchringen, ihm zu vertrauen. Er reiste zwischen dieser und der realen Welt hin und her und hielt sich hier nur auf, wenn es ihm an Selbstbeherrschung mangelte. Im Gegensatz zu Myaing konnte er überall hingehen und frei mit jedem kommunizieren. Für ihn war es eine gemütliche, entspannte und kostenlose Suchtklinik.

Zum Beispiel fand Josh nichts Unmoralisches an dem Stacheldraht oder den Seeminen. „Nationale Sicherheit. Wer weiß, was da draußen lauert und darauf wartet, in uns einzufallen und uns auszuplündern?"

Er brachte die Trümmer entlang der Küste auch nicht mit gekenterten Flüchtlingsbooten in Verbindung. „All diese Lager. Ich weiß, dass du diese Leute magst, aber sie sollten gewissenhafter mit der Umwelt umgehen. Nur weil es keinen Müllabfuhrdienst gibt, heißt das nicht, dass sie ihren Müll ins Meer werfen sollten. Grabt ein Loch! Macht eine Mülldeponie!"

Josh sah nicht einmal ein Problem darin, dass die Zwergbärenmafia Myaing den Zugang zur Stadt versperrte. „Es ist zum Wohle aller. Bis ihnen klar wird, dass deine Morddrohungsbriefe leere Wutanfälle waren, haben die Stadtbewohner Angst. In der realen Welt würde man nicht weniger erwarten."

„Hör zu", sagte er. „Du bist eine geborene Aktuarin – eine, die Unsicherheit versteht. Niemand erwartet, dass du etwas Unüberlegtes tust (na gut, das wahrscheinlichste Ereignis ist gutes Benehmen), aber weit rechts von der erwarteten Untätigkeit gibt es eine Vielzahl von Möglichkeiten, die höchst plausibel (das heißt mit einer Wahrscheinlichkeit ungleich Null) und äußerst verletzend bleiben. Die Stadt braucht Zeit, um zu glauben, dass die Wahrscheinlichkeit eines physischen Angriffs auf irgendjemanden oder irgendetwas vernachlässigbar ist. Gib den Leuten noch ein paar Monate Zeit. Sie werden es einsehen. Lass uns in der Zwischenzeit diesen Müll aufräumen. Dieser Strand wäre ein toller Ort für eine meiner Abenteuertouren, aber der Müll überall schreckt ab."

Myaing war dankbar, dass Josh in seinem versicherungsmathematischen Diskurs nicht von „fetten Schwänzen" (Fat Tails) sprach oder sie aufforderte, dafür zu sorgen, dass Çoki ihren „fetten Schwanz" weniger wahrnahm. Sie hasste diesen Ausdruck, fürchtete insgeheim eine Doppeldeutigkeit und betrachtete sich immer wieder im Spiegel.

Myaing und Josh schlossen ihre Weltumrundung im Spätherbst ab. An bestimmten Abenden,

wenn Josh einen Ausflug leitete, ließ sie die Jalou-
sien herunter, zündete ein Feuer an und bewirtete
andere ausgewanderte Erdlinge, die auf unbe-
stimmte Zeit in der Gegend von Çokland gefangen
gehalten worden waren. Weit davon entfernt, ihre
angespannten Nerven zu beruhigen, provozierte sie
das Exil im Cyberspace. Ihre Gedanken waren ag-
gressiver als je zuvor. Erfahren mit Juntas, setzte
sich Myaing für einen Putsch ein.

Çokland sei gentrifiziert, argumentierte sie, und
das sei seine größte Schwäche. Myaing bezeichnete
seine Bürger und Schöpfer als „Stiefmütterchen".

Sie zeigte auf die französische „Reise" von Çok
Dilli – zehn lange „Autobahnen" mit 200 regionalen
Markierungen – und nahm den Appell ihrer Themen entgegen. Politik? *Hier!* Verbrechen? *Hier!* Militärische Taktiken und Kriegsführung? *Schweigen.*
Das Gleiche gilt für die deutsche „Reise", die italie-
nische „Reise" und vermutlich die meisten anderen
Sprachkurse. Sie erinnerte sich an ein wenig Mili-
tärgeschichte im russischen Kurs, aber der Kurs
war wie sein Mutterland zum Pariastaat geworden.
Die Gründer von Çokland hatten sich große Mühe
gegeben, sich von militärischen Angelegenheiten so
weit wie möglich zu distanzieren und waren daher
militärisch schutzlos. Das Land kam der Sicherung
seiner Grenzen nur insoweit nach, als dass es sich
unabsichtlich auf Donatellos finanzielles

Eigeninteresse verließ, um „Unerwünschte" fernzu-
halten.

Wird Çok Dilli sich nicht wundern, überlegte
Myaing, wenn wir alles mit Gewalt nehmen?

ACHTZEHN

Arktische Kälte traf Midori, als sie den Fensterflügel anhob und Hami hineinhievte. Exakt 2:30 Uhr morgens. Hami war pünktlich.

Die Amateurdetektive packten ihre Ausrüstung zusammen und schlichen auf Zehenspitzen die Treppe hinunter, dann zur hinteren Küchentür. Wenn sie sich beeilten, konnten sie das Teller-Anwesen um drei Uhr erreichen. Eine abnehmende Mondsichel lag tief über dem dunstigen östlichen Horizont. Sie rechneten damit, dass der Mond allmählich aufgehen würde, um ihnen den Weg zu erhellen.

Zehn Tage ungeklärter Verwüstungen lagen hinter ihnen und weitere würden bestimmt folgen. Alles deutete auf Çoki Bär oder vielmehr auf ihr mysteriöses Verschwinden vor acht Tagen hin. Da war zunächst die Feder, die Skipper vor sechs Tagen im Wald des Teller-Anwesens entdeckt hatte. Hami und Midoris anschließende nächtliche Erkundungsmission endete abrupt, aber nicht unfruchtbar. Weggeworfene Bonbonpapiere bestätigten Skippers Geschichte. In diesem Wald ist etwas passiert! Sie mussten sich nur gegen die Tierwelt wappnen, um herauszufinden, was.

Vor fünf Tagen pflügte ein wolkenkratzergroßes Monster durch die Stadt, zerstörte ihre Schule und nannte sich selbst Çoki, obwohl es keine Ähnlichkeit mit der kuscheligen Zwergbärin hatte, abgesehen von ihrem rosa Fell und der Auswahl übergroßer Accessoires. Die Tatsache, dass es sprach und keine Textblasen in die Luft warf, war Beweis genug dafür, dass das Biest ein Betrüger war. Vielleicht noch verdächtiger war die Ermahnung der Stadtführer, die zerstörerische Spur als Naturkatastrophe umzudeuten. Als ob! Nur die Nachrichtensprecher stimmten zu. Warum der Täuschungsversuch? Was hatte die Stadt durch solch einen Täuschungsversuch zu gewinnen?

Und dann war da noch dieser Anruf – den, den sie am Labor-Day-Wochenende belauschten, drei Tage vor Anfang des Schuljahrs. Hami wollte unbedingt wissen, welche K-Pop-Auftritte das Rathaus für den Herbst zugelassen hatte und wie sie an Karten kommen könnte. Midori ihrerseits hätte sich nicht weniger dafür interessieren können. Dennoch hob sie Hami in das richtige Büro im Rathaus und kletterte hinter ihr her. Keiner von ihnen erwartete, Adya im angrenzenden Büro zu hören. Adya war die Frau des Bäckers. Sie arbeitete immer lange und Jagreet backte ihr immer etwas Besonderes.

Adya klang verärgert. Wirklich verärgert. Hami bemerkte das Telefon auf dem Schreibtisch und sah, dass eine seiner Tasten beleuchtet war. Midori winkte „Ruhe", hob den Hörer an ihre zusammen gelegten Köpfe und drückte dann den Knopf.

„Unsere Nachbarn ausspionieren? Wie? Jagreet verbringt seinen Tag mit Backen. Und ich verbringe meinen Tag damit, Genehmigungen für ihre Kamerateams zu besorgen, um die Aktivitäten der Stadt zu unterbrechen. Ich brauche sechs Tage, manchmal sieben, um jede Woche zu planen. Jagreet und ich haben uns nie beschwert, kein einziges Mal. Aber jetzt erzählen Sie mir, dass es in der Stadt eigentlich keine Aktivitäten gibt, die man unterbrechen könnte – dass unsere Aktivitäten vorprogrammierte Animationen sind, unsere Kindheitserinnerungen eingepflanzte Fiktion sind und selbst die Filmteams darauf ausgelegt sind, den Mythos aufrechtzuerhalten, dass wir real sind. Wofür? Um Ihnen dabei zu helfen..."

Adya hielt inne. „Warten Sie bitte eine Sekunde. Es ist wahrscheinlich nichts, aber eine meiner Telefontasten ist beleuchtet. Ich bin in einer Minute zurück."

Erwischt! Hami und Midori ließen den Hörer fallen und stürzten aus dem Fenster.

„Puh! Das war knapp. Was habe ich dir gesagt, Midori? Avatare!"

„Avatare", räumte Midori ein. Sie und Hami waren die einzigen, die den monströs großen Çoki-Betrüger gelassen hinnahmen.

Zum Glück ereignete sich die Verwüstung am

Freitag. Die Stadt verbrachte das Wochenende damit, die Spielfelder für den Unterricht am Montag vorzubereiten. Sie lieh sich, weiß Gott wo, Zirkus- und Bat-Mizwa-Zelte und schloss ungefähr fünf- hundert Raumheizgeräte an. Sogar in Çokland gab es überall Supermärkte und Amazon.

Wenn das nur alles wäre! Midori wollte es igno- rieren. Doch am Samstag zündete sich eine Putz- frau an, am Sonntag ein Hausmeister. Die Stadtbe- wohner beeilten sich, am Montag Reinigungster- mine zu vereinbaren, aus Angst, dass alle Reini- gungskräfte und Hausmeister bis Dienstag tot sein würden. Es waren nicht nur Putzfrauen und Haus- meister. Hami und Midoris Geisterjägergeschäft wurde mit neuen Kunden überschwemmt, und zwar nicht, weil irgendjemand eine erhöhte para- normale Aktivität spürte, oder weil sie die Flugblät- ter sahen, die Skipper als Gegenleistung für einen Vorschusslohn in der Stadt aushängen wollte, son- dern aus folgendem Grund: die patentierte Eureka- Geisterjägermaschine hatte eine doppelte Funktion; sie war ein Geisterjäger und gleichzeitig ein Staub- sauger! Kunstkenner Alfred und Schulleiterin Tabitha bürgten vollkommen für ihre Wirksamkeit.

Die Ereignisse wurden seltsamer. Es kursierten Gerüchte, dass eine drachenähnliche Schlange die noch nicht zugefrorene Mitte des Sees bewohnte, ein Gebiet, das zuvor nicht wandernden Gänsen vorbehalten war. Wanderer berichteten, sie hätten den Yeti gesehen. Beide Mädchen wünschten, sie wären dabei gewesen.

Doch Hami und Midoris größte Sorge, abgesehen vom Frieren auf dem Schulhof, bestand darin, dem zunehmend unberechenbaren Verhalten der Stadtbewohner auszuweichen. Es war, als ob einer nach dem anderen aus einer Trance erwachte und begann, seine täglichen Routinen zu hinterfragen. Ein Werkstattmechaniker reparierte den Kotflügel eines neueren Geländewagens und fuhr los – ohne seiner Frau oder dem Autobesitzer eine Erklärung zu geben. Officer Liz leitete ihre allererste Untersuchung ein – Autodiebstahl, indem sie das Internet nach YouTube-Ratschlägen zum Aufspüren gestohlener Fahrzeuge durchsuchte und sich von Skipper, dem weltweit führenden Experten für das Videospiel *Petit Theft Matchbox*, beraten ließ.

Leider war es nicht der einzige Fall für Officer Liz. In fast allen Bars und Tavernen in Çokland kam es zu Schlägereien. Früher tranken die Gäste, feierten höflich und schliefen ein und schnarchten, wenn sie übermäßig betrunken waren. Nicht mehr. Mittlerweile argumentierte ein beträchtlicher Prozentsatz der Gäste lautstark und schlug zu, um ihrem Beharren Nachdruck zu verleihen. Officer Liz erstattete in einer Woche mehr Anzeige wegen „Störung des Hausfriedens" als Çokland in seiner gesamten Vorgeschichte verzeichnet hatte. Hami und Midori hatten zwei Nächte zuvor auf Elsies Dachboden eine alte Actionfigur gefunden und an der Schnur gezogen. „Jemand hat das Wasserloch vergiftet!" erklang. „Genau!" riefen sie. Und nun suchten sie nach Hinweisen.

Hami bedauerte den Einbruch in Elsies Wohnung, nicht nur, weil sie nichts Wertvolles enthielt, sondern weil Hami heute Abend an der Reihe war, Midori über den Zaun zu heben. Auch die beiden Einbrüche am Wochenende waren eine Pleite. Zunächst hatten sie es auf die Wohnung des Schlagzeugers abgesehen, der sie einmal dazu gebracht hatte, vor dem Konzertsaal, in dem seine Band auftrat, Konzert-T-Shirts zu verkaufen – *unter Aufsicht seiner Freundin!* Hami empfand die Erfahrung als demütigend – hinters Licht geführt von einem weiteren aussichtslosen potentiellen Freund und Ehemann! Midori machte das Beste aus der Situation, indem sie den Kunden zu viel Geld abverlangte, wenn die Freundin des Schlagzeugers nicht hinsah, und mehrere CDs einsteckte, um das nachzuholen, was sie während des Konzerts verpasst hatte. In der Wohnung des Schlagzeugers fanden sie lediglich alte Socken und Fotos von Klassenkameraden. Zuerst Carmelita, das hübscheste Mädchen der Schule, dann die Erika, die Barbara, die Marie und die Natascha aus Nowosibirsk. Unter die Fotos kritzelte er eine Notiz:

Mama, was ist mit mir los?

Frauen gegenüber bin ich willenlos

Völlig willenlos

„Denk mal, Hami, wenn dein Nachname Meyer wäre, dann hinge dein Bild auch an der Wand."

„Ihh!" murmelte Hami. Sie gingen mit den CDs des scheinbaren Idols des Schlagzeugers, eines alten Kerls mit Fedora.

Am nächsten Abend brachen sie in das Büro des Geschäftsführers des Theaters ein und dachten, sie könnten sich die Schlüssel sichern, um die Band von einer der nicht besetzten Logen aus zu sehen. Plan wieder gescheitert. Die Tür vom Büro zu den hinteren Fluren des Theaters war von der Flurseite aus verriegelt. Schlimmer noch: Der Geschäftsführer installierte Schallwände, um den Lärm abzuschirmen. Sie gingen mit nur zwei Wertgegenständen: dem noch unveröffentlichten Zeitplan der kommenden Konzerte und den Kontaktinformationen der Agenten jedes geplanten Konzerts und Auftritts. Hami und Midori verbrachten den Abend damit, E-Mail-Anfragen nach signierten Postern, Fotos und Erinnerungsstücken zu verschicken, um eine Vorabwerbung zu starten. Einige Monate zuvor hatten sie ein anonymes Postfach für einen ähnlichen Betrug eingerichtet.

Hami packte den Zaun mit beiden Händen und grunzte, als Midori auf ihre Schultern kletterte, um sich darüber zu ziehen. Midori landete mit einem leisen Aufprall. Die Schaufel und verschiedene Ausrüstungsgegenstände verfehlten sie knapp. Augenblicke später erschien Hami völlig verschlammt, nachdem sie durch den ihr bekannten Kriechgang gekrochen war. Sie nahm sich einen Moment Zeit, um den gelben Fischer-Regenmantel und den Sou'ester Hut abzustreifen, den sie sich von der geplanten Produktion von „Death Rattle Dazzle" der Schauspielabteilung der Schule „ausgeliehen" hatte. Hami hängte das schmutzige Ölzeug und den Hut an einen Haken, den sie aus dem Zaun und einem Zweig gebastelt hatte, und die Detektive machten sich auf den Weg. „Sleuth" sei ein Heteronym auf Englisch und eine Ironie, rief Hami aus, da ihre „Verfolgte", wie die beiden Mädchen, selbst Mitglied eines „Sleuths" war so wie die beiden Mädchen. Einerseits konnte ein „Sleuth" ein Detektiv sein (wie Midori und Hami), andererseits konnte ein „Sleuth" auch ein Rudel sein (wozu Çoki gehören könnte). Durch Rollenspiele für die Çok Dilli Corporation lernte Hami alles über Heteronyme, Homophone und falsche Verwandte. Midori schauderte bei dem Wortspiel und den Humorversuchen ihrer Freundin. Sie erwartete einen weiteren langen Abend.

Zwanzig Minuten vergingen. Hami entdeckte im Mondlicht etwas Gelbes und Braunes. Sie krochen vorwärts und versteckten sich bei jedem Schritt hinter Bäumen. Es war der Hut, die Hose und das Hemd der Schauspielabteilung. Es war der Zaun, über den sie zuvor geklettert waren. „Du sagtest, du hättest dich an die Koordinaten erinnert. Wir sind wieder da, wo wir angefangen haben."

„Ganz ruhig, Hami. Das sind die Koordinaten. Siehst du?"

Midori hatte Recht. Die Koordinaten auf dem GPS-Tracker stimmten mit denen überein, die sie zuvor mit der App SimpleNote aufgezeichnet hatte.

„Etwas führt uns im Kreis. Versuchen wir es noch einmal, aber lass uns den Tracker ignorieren und Fußabdrücke nutzen. Wir hatten seit einer Woche keinen Schnee. Es sollte nicht schwer sein, unseren Weg zurückzuverfolgen."

Der Fortschritt war langsam, aber sicher. Sie erreichten die Lichtung, die weggeworfenen Bonbonpapiere, den alten Baumstumpf und ... ein Knäuel grüner Flaumfedern! Midori fiel auf die Knie und kramte in dem übergroßen Rucksack. Sie nahm den batteriebetriebenen Miniatur-Laubbläser heraus und machte sich an die Arbeit. So wie ihre veralteten Eureka-Maschinen Geister (und Staub) aus Teppichen saugten, trennte ihr Laubbläser kürzlich verstreute Blätter, Erde und Trümmer von Laub, das in der Tundra gefroren war. Ihr Plan bestand darin, Bereiche zu entdecken, in denen die Bodenoberfläche kürzlich gestört worden war. Sie hofften auch, dass der Lärm des

Laubbläsers die Tierwelt in Schach halten würde –
neugierig vielleicht, aber in Schach.

Die Beleuchtung war in Ordnung; die Mondsichel warf einen düsteren Schein. Und der Laubbläser funktionierte wie angekündigt. Doch die Mädchen wurden entmutigt. Die Wildschweine hatten den Tatort kontaminiert, falls es überhaupt einen gab. Stoßzähne hatten jeden Zentimeter des Waldbodens abgetragen auf deren Suche nach Insekten und weichen Wurzeln. In der Nähe der Lichtung blieb kein Steckling übrig. Blätter und Trümmer verstreuten sich, wohin auch immer der Laubbläser blies. Midori brachte das Gebläse zum Schweigen.

„Gebohrt," seufzte Midori.

„Bored? Wie kann man sich langweilen? Wir haben gerade erst angefangen? Was *ist* das?"

Auch Midori hörte es, das charakteristische Knistern eines Lagerfeuers. Dann das Gackern alter Stimmen.

„Doppelt plagt euch, mengt und mischt! Kessel brodelt, Feuer zischt."

Hami zeigte auf den Rauch, der von den Bäumen auf einer Seite der Lichtung aufstieg, und bedeutete Midori, in die entgegengesetzte Richtung zu gehen. Sie schlichen davon, bis sie keine Stimmen mehr hörten und der Wald mit hohen Bäumen und Unterholz undurchdringlich wurde. Sie mussten in der Nähe des Sees sein, schlussfolgerten sie, wo die

Wälder, die Wache hielten, einem Urwald ähnelten
- 25 bis 30 Meter hoch, Stämme so breit wie Kleinwagen. Ein schmaler, gewundener Fußweg verbesserte ihre Fortbewegung und führte sie zu einem
kleinen Garten und einem Lebkuchenhäuschen.
Aus dem Strohdach ragte ein Ofenrohr, aus dem
Rauch aufstieg. Jemand hob ein Rollo hoch. Das
Licht von innen tauchte die Mädchen in einen ein-
ladenden Glanz. Eine alte Frau öffnete die Tür und
winkte sie hinein.

„Beeilt euch, Mädels! Die Wölfe sind auf der
Jagd." Die Mädchen taumelten zurück, als sie die
Silhouette sahen, aber Midori stützte Hami und
deutete auf ihre Ohren. Tatsächlich hörten die
Mädchen das Heulen der Wölfe und beschlossen
ohne Worte, die Einladung der Silhouette anzunehmen.

Der Innenraum machte die Mädchen blind,
aber ihre Augen genossen bald die Möbel, Einrich-
tungsgegenstände und die Dekoration.

„So viele Süßigkeiten! Alles ähnelt Lebkuchen,
Zuckerstangen und Bonbons."

„Nicht ähnelt, mein liebes gelbes Mädchen, es
ist es. Und du, mürrische grüne Begleiterin? Bist
du nicht beeindruckt von meinen Leistungen in der
Konditorei-Architektur?"

Midori war genauso verblüfft wie Hami, nur von
Natur aus undurchschaubar. Innerlich schreckte
sie vor dem Gesichtsausdruck der alten Frau

zurück. ‚Verschrumpelte alte Dame' wäre ein Kompliment. „W... Warum sollte man ein Häuschen aus Süßigkeiten bauen? Auf Herr Tellers Anwesen?"

„Seltsamer Mensch ist der Besitzer, nicht wahr? Leckereien für den Fall, dass er Hunger hat, nehme ich an. Einen unersättlichen Appetit hat er. Er verschlang die Scones für eine ganze Woche auf einmal. Möchtest du eins?" Hami nickte, aber Midori starrte sie vorwurfsvoll an.

„Das ist sehr nett, gnädige Frau, aber wer sind Sie? Offensichtlich sind Sie schon eine Weile hier, aber ich habe Sie noch nie in der Stadt gesehen und auch nie von einer Pächterin auf Tellers Grundstück gehört."

Die Frau stellte Hami einen gehäuften Teller mit Scones, Marmelade und Obst hin. Hami hatte bereits Platz am Esstisch genommen. „Wer bin ich? Das war doch eure erste Frage, nicht wahr?"

Midori nickte.

„Schwer zu sagen, das ist. Nicht viele von uns haben hier Namen. Eher haben wir Funktionen: der Gärtner, der Postbote, der Bürgermeister und bis vor Kurzem der Polizist. Für diejenigen unter euch, die Namen haben, ist es vermutlich einfacher. Weniger zum Erinnern. Trotzdem würde ich gerne glauben, dass ich einen habe. Lasst mich nachdenken."

„Da war dieser Kerl, Engelbert Humperdinck – nein, nicht der Schlagersänger. Der Schlagersänger war ein Namensvetter. Der ursprüngliche Engelbert Humperdinck war ein deutscher Komponist des späten 19. Jahrhunderts. Er erwähnte mich nebenbei in einer seiner Opern; nannte mich Rosina Leckermaul, obwohl ich weder eine Rosine noch eine extremere Naschkatze als deine gelbgekleidete Freundin bin. Wenn er mich heute sehen würde, würde er mich wahrscheinlich Prünella nennen. Ich bin mir nicht sicher, ob Jacob und Wilhelm – meine echten Eltern – einen der beiden Namen gutheißen würden. Tatsache ist, ich habe keinen Namen, nur eine Funktion. Und meine Aufgabe besteht darin, ein Lebkuchenhaus im einzigen großen Wald in der Nähe der Stadt zu betreuen. Hier, iss noch ein Scone." Hami zeigte keine Anzeichen einer Vergiftung, also akzeptierte Midori.

1890er Jahre? Schwule Eltern? Die Unstimmigkeiten verstärkten Midoris Unbehagen, aber die Scones der verschrumpelten alten Dame waren lecker und Midori war ausgehungert. Sie beschloss, sich auf ein kurzes Gespräch einzulassen.

„Dieses Gebäck ist perfekt, köstlich. Stimmst du nicht zu, Hami?"

Hami nickte zustimmend. Ihr Mund war zu voll, um zu sprechen.

„Und ich sehe, dass Sie im Sommer einen Gemüsegarten haben." Sie erinnerte sich, dass sie beim Eintreten über die gefrorenen Kohlköpfe gestiegen war. „Aber ist das alles, was Sie essen,

Süßigkeiten und Gebäck?"

„Es scheint langweilig, nicht wahr? Ehrlich gesagt ist es schrecklich für meine Zähne und meine Figur." Die Frau grinste und zeigte eine Reihe schiefer, verfaulter und halb fehlender Zähne. „Aber das Geld ist knapp, und Herr Teller ist nicht gerade ein Freund der Wilderei – nicht, dass ich flink genug wäre, um ein Wildschwein zu fangen. Also, ja, ich begnüge mich mit Mehl und Zucker, bis irgendein verlorenes Wesen durch meine Tür schlendert – langsam, klein und zutraulich genug, um es in den Ofen zu stoßen." Die Frau gackerte. „Als ob das jemals passieren würde!"

Midori war von dem Lachen erschrocken. Hami kaute weiter.

„Einwanderungspolitik. Çokland hat alles falsch gemacht." Hami hörte auf zu kauen, plötzlich war sie interessiert.

„Nun," fuhr die alte Dame fort, „ich komme nicht aus dieser Gegend. Mein ursprüngliches Häuschen lag im Schwarzwald. Die nächstgelegene Stadt ist Freiburg. Ich glaube nicht, dass einer von euch in Freiburg war?"

Stumme Blicke.

„Natürlich nicht. Nur wegen Kuckucksuhren würde man dorthin gehen, und wer braucht heutzutage schon eine Kuckucksuhr? Sie haben Handys. Nun, die Stadtbewohner waren böse Biester.

Sie beschuldigten mich, Kinder gestohlen zu haben. Mich. Könnt ihr das glauben? Sie haben mich mit Mistgabeln vertrieben, genauso wie Çokville diesen Zwergbären-Betrüger vertrieben hat. Es hat Jahrzehnte gedauert, bis ich diesen Wald gefunden habe, und ich habe verzweifelt darum gebeten, Herrn Teller davon zu überzeugen, mich bleiben zu lassen, aber hier bin ich bereit und willens, einen Beitrag für meine Wahlheimat zu leisten. Aber Çokland ist offenbar nicht bereit, meinen Beitrag anzunehmen. Zu alt? Zu schrumpelig? Aus irgendeinem Grund passe ich nicht in das gewünschte Profil. Hier bin ich also, versteckt in einem Wald. Kein soziales Sicherheitsnetz, keine sozialen Dienste, kein Eiweiß, nur ein paar Säcke Mehl und Zucker, die ich mit dem Erlös aus einem Dutzend entwendeter Kuckucksuhren gekauft habe."

Midori beobachtete, wie sich Hamis Augen mit Tränen füllten. *Hör auf, Hami! Das ist ansteckend.* Midori wischte ihre eigenen weg.

„Es tut mir leid, meine Lieben. Ich wollte euch nicht traurig machen. Du, grünes Mädchen, iss auf. Und du, gelbes Mädchen, hilf mir mit dem Ofen. Er ist gerade heiß genug, um mein nächstes Konfekt zuzubereiten."

Hami stand gehorsam auf und folgte der alten Frau mehrere Schritte zum Ofen. Hami öffnete gemäß den Anweisungen der Frau den Ofen weit und fragte dann: „Okay, was kommt als nächstes?"

„Aber du, meine Liebe!" und die alte Frau stellte sich an, Hami in die klaffende Öffnung des Ofens zu stoßen.

Mittlerweile erblickte Midori den Mehlsack in der Ecke. *Gentechnisch verändertes Getreide!* Sie spuckte die Reste des Scones aus und drehte sich um, um Hami zu alarmieren, als die alte Frau ihre wahren Absichten preisgab. „Renn!" schrie sie, als Midoris Schaufel auf den Schädel der Gastgeberin krachte.

NEUNZEHN

Dichter Nebel stieg vom Fluss Mohawk auf und legte sich über die Landenge im Süden. Sami drängte sich durch die Türen, die den Nebel fernhielten. Er blieb stehen, um bekannte Mitarbeiter im Vorraum zu begrüßen, und fand dann Jacques und Cory an Jacques' Arbeitsplatz. Anton kam ein paar Minuten später dazu.

Offensichtlich hatten Jacques und Cory am vorherigen Abend bis spät gearbeitet. Sehr spät. Sie hatten weder ihre Kleidung gewechselt noch sich rasiert. Ein unangenehmer Geruch wehte aus ihrer Richtung.

Anton lehnte es ab, aber Jacques und Cory blieben hartnäckig. Sie drängten darauf, Marielle (alias Shelly) eine zweite Chance zu geben. Mirva und die anderen Rechner machten Überstunden, um die Katastrophenhilfe in Çokland zu koordinieren und außerdem die unzähligen ministeriellen, Marketing- und Motivationsaufgaben der vermissten Zwergbärin durchzuführen. Es waren keine anderen KI-Rechner übrig. Jacques versprach Anton, dass Marielle bereit sei.

Der Bericht von heute Morgen? In Ordnung. Das Paket wurde von Jagreet und Adya persönlich überbracht. Die Feldagenten versteckten sich im Unterholz, bis der Postbote wie gewohnt ein Dutzend Kartons von Amazon und anderen zustellte, und legten dann ihr Paket auf den Stapel.

Der Morgen in Çokland war kalt aber herrlich. Die blendende Sonne schimmerte auf dem gefrorenen See und weckte Arpita aus ihrem Schlummer. Sie zog ihre Leggings an, warf ein „Wo ist Waldo"-T-Shirt über ihren Sport-BH, leerte die restlichen Tropfen der Flasche neben ihrem Bett, zog einen Parka an und begann ihre morgendliche Wanderung um den See. Sie entdeckte Elsie, als sie um die Ecke vor Herrn Tellers Tor bog.

„Elsie?" rief Arpita. Elsie verbrachte Stunden in genau derselben Kneipe wie Arpita. Jeder dort kannte Elsie. Zur Hölle, jeder in der Stadt kannte Elsie. Sie war eine gefeierte Betrügerin, Abenteurerin und Überlebenskünstlerin. Was auch immer die Herausforderung war, Elsie meisterte sie ... zu ihren Bedingungen. Ohne Kompromiss. Arpita mochte sie sehr, fragte sich aber, wie die Enkelin es aushielt. Manche Menschen sind gute Freunde, aber ungeeignete Mitbewohner. Zu viel Energie. Zu viel Persönlichkeit. Arpita stellte sich Elsie als eine solche Persönlichkeit vor.

„Du hast die Schlüssel zu Herrn Tellers Grundstück?" Arpita war sich nicht sicher, ob sie ungläubig oder ehrfürchtig war.

„Möchtest du dich umschauen? Für meinen Geschmack ist es zu schwerfällig, aber es riecht überwältigend nach Reichtum. Frau Teller hat mich angestellt, um ihr zu helfen.

„Frau Teller?" Diesmal verriet Arpitas Stimme Erstaunen.

„Eine private Zeremonie. Im vergangenen Monat. Liebe auf den ersten Blick, sagten sie, obwohl ich hoffe, dass es ihr um das Geld geht. Ansonsten wäre es eine Verschwendung der Jugend und der Schönheit."

„Und du... hilfst... ihr?"

„Frau Teller gab eine Anzeige auf. Ich antwortete. Ich glaube, ich bin die Einzige, der sie in der Nähe ihres Mannes vertraut. Nach allem, was ich gehört habe, wird er nicht einmal eine andere Frau anerkennen, sofern sie nicht jung genug ist, um seine Tochter zu sein. Es ist ein Glück, dass er keine hat – ihr zuliebe, meine ich."

Arpita versuchte zu verdauen, was sie gerade gehört hatte.

Elsie winkte dem Mann zu, der im Garten eine Spitzhacke schwang. „Hallo Buddy, wie geht's? Ich hoffe, du behältst Skipper im Auge."

Elsie wandte sich an Arpita. „Mel hasst es, wenn Skipper im Haus herumschnüffelt. Ich weiß, dass er nur nach einem Ort sucht, an dem er *Zombies aus der Unterwelt* spielen kann, aber Mel bezahlt ihn dafür, Schützengräben auszuheben, nicht für das Spielen."

„Mel?"

„Frau Melliflores Teller. Abgekürzt, Mel. Sie sagt, ihre Eltern seien rätoromanisch, was auch immer das heißen mag. Melliflores bedeutet angeblich Honigblumen, was überflüssig ist, findest du es nicht? Für die Bienen, meine ich. Oder Herrn Teller. Wie ich dir erklärte, bevorzugte Frau Teller eine ältere Assistentin. Sie lehnte die erste Bewerberin ab, meine Enkelin Liz! Ebenso ein Dutzend anderer junger Frauen. Zum Glück hat Liz einen anderen Job gefunden, aber angesichts des Steuerbescheids für das neue Postamt, die neue Schule und die neue Bibliothek bin ich dankbar, dass Mel sich Sorgen um Donnys umherwandernde Hände und Augen macht. Ich brauche Geld."

„Äh, warum graben Buddy (Das ist sein Name, oder?) und sein Sohn im Garten?"

„Um Dinge zu pflanzen, Dummchen! Frau Teller plant ein Labyrinth aus Hecken – ein Ort, um Herr Teller zu verwirren, wenn seine Libido erregt ist, und der ein Hindernis für vorbeigehende Frauen darstellt. Sie möchte etwas so Großartiges und Komplexes, dass selbst die klügsten Köpfe eine Stunde brauchen, um es zu betreten und zu verlassen. Nicht so kluge Köpfe? Na ja, die Hunde werden wöchentlich nach Kadavern suchen."

„Aber wir sind mitten im Winter", protestierte Arpita. „Der Boden muss steinhart sein."

„Genau was Buddy sagte. Deshalb schwingt er eine Spitzhacke. Ich schätze, Frau Teller will früh anfangen. Die Buchsbäume stehen aufgereiht im Gewächshaus."

Arpita runzelte offensichtlich skeptisch die Stirn.

„Ich vermute, dass Herr Teller sie ermutigte. Vier Wochen lang ist sie mit dem reichsten Mann dieser Ecke der Welt verheiratet, und ihre einzigen Ausgaben bestehen aus dem Lohn für ein paar Teilzeit-Landarbeiter (Buddy und Skipper) und einen Teilzeit-Platzverwalter (mich), verschiedenen Haushaltsgeräten und genug Buchsbaum, um ein Gewächshaus zu füllen. Keine Luxusreisen. Keine extravaganten Einkaufsbummel. Nur der Entschluss, den Hecken-Irrgarten in Wiltshire zu übertreffen. Sie gibt weniger Geld aus als meine Enkelin Liz. Wenn du mich fragst, ist sie es wert, behalten zu werden."

Arpita blickte Buddy an, der Mitte Januar in seiner schmutzigen roten Turnhose, seinem Stirnband und seinem Kapuzenpulli stark schwitzte und versuchte, fit und gefasst zu wirken. Doch jeder mühsame Stich in den gefrorenen Boden verriet seine Erschöpfung. Der Wiltshire Hecken-Irrgarten braucht sich keine Sorgen zu machen, dachte Arpita. Die Frühjahrspflanzung reicht nicht für 0,1 Hektar.

„Wo ist währenddessen Herr Teller?" fragte

Arpita, aufrichtig neugierig.

„Du hast ihn verpasst. Er besitzt einen Golfwagen. Morgengymnastik nennt er es. Er fährt zum Eingangstor, lädt Pakete in den Golfwagen und fährt dann zurück zur Villa. Meistens Amazon-Müll. Im Gegensatz zu Mel ist er ein zwanghafter Käufer. Jeden Tag derselbe blaue Anzug und die gleiche rote Krawatte, aber Unterwäsche? Socken? Schuhe? Golfschläger? Lampen? Sitzkissen? Es müssen ein Dutzend Kisten pro Tag sein."

„Auf jeden Fall helfe ich dabei, die Pakete vom Golfwagen auf einen Rollwagen am Haus abzuladen und den Rollwagen dann in sein Esszimmer zu schieben. Dort stelle ich die Kisten auf einen riesigen Esstisch (30 Sitzplätze müssen vorhanden sein!). Erst dann komme ich nach draußen, um nach Buddy zu sehen. Mel sagt, dass Herr Teller seine Coco-Crispies isst, die Coco-Crispies-Schachtel genau studiert und dann die Pakete, eins nach dem anderen, öffnet, als wäre es Weihnachten. Er ist jetzt drinnen und fängt im Esszimmer mit der zweiten Hälfte seines Morgenrituals an."

Elsie wechselte das Thema. „Geh mit mir spazieren. Ich muss die Fallen überprüfen."

„Fallen?" Arpitas Stimme registrierte den Alarm.

„Na klar, Dummchen. Herr und Frau Teller wollen nicht, dass jemand herumschnüffelt oder ihr wertvolles Vieh wildert."

Arpita fragte sich, ob es als Schnüffelei

einzustufen war, wenn sie Elsie auf dem Gelände begleitete. Sie fragte sich auch, ob das Vieh Hörner hatte. Elsie muss das Zögern bemerkt haben.

„Oh, mach dir keine Sorgen. Ich glaube, ich weiß, wo die meisten Fallen sind. Mir wurde gesagt, dass sie nur die Knöchel brechen, nicht durchtrennen. Kein bleibender Schaden, solange dich jemand findet. Ihr Grundstück ist so groß; es ist wirklich schwer, vom Haus aus Schreie zu hören."

Ich glaube? Die meisten Fallen? Kein bleibender Schaden? Geschrei? „Ein anderes Mal, Elsie. Ich werde erwartet ... im Fitnessstudio." Arpita kämpfte, an eine Institution zu denken, die noch intakt war. Die Frauen tauschten Höflichkeiten aus, Arpita nickte dem Mann in den schmutzigen roten Trainingsshorts, dem Stirnband und dem Kapuzenpullover (Buddy?) zu und eilte zum Tor am Fuße der Auffahrt. Sie zog es hinter sich zu.

ZWANZIG

Das Arsenal bestand aus Jagdgewehren, behelfsmäßigen Langbögen und Spitzhacken. Myaing versicherte den siebzig versammelten Aufständischen, dass sie nicht mehr brauchen würden. Çokland verfügte über kein stehendes Heer, hatte keine Reservisten und unterhielt eine Polizeitruppe aus zwei Personen – einer unerfahrenen Beamtin namens Liz und einem unbekannten Dispatcher. Çoklands einzige sinnvolle Verteidigung lag im Westen und Süden, entlang der Küsten, die Myaings Gruppe nicht überqueren wollte. Zwischen ihrer kleinen Infanterie und der Stadt im Süden stand nichts außer vier stummen, bunten Zwergbären.

Besser noch, die Gruppe müsste das Anwesen des großen Donatello betreten oder umrunden – ein Hindernis, dem Myaing mit großer Freude entgegensah.

Die Zwergbären waren überraschenderweise abwesend und Myaings Infanterie kam schnell voran. Sie waren müde, aber gut gelaunt, als sie am späten Nachmittag in einer dichten Baumgruppe an einem zugefrorenen See lagerten. Aus dem einsamen Schornstein auf der anderen Seite stieg Rauch auf. Hinter der Baumgruppe befand sich ein

Zaun, der einen Wald umgab – die Grenze des le-
gendären Teller-Anwesens. Schilder mit dem Verbot des Betretens waren gut sichtbar angebracht.
Jemand hatte eine Reihe von Steckdosen für die
seit kurzem abgeschaltete Strombefestigung aus-
findig gemacht und festgestellt, dass sie noch funk-
tionierten. Die Armee drängte sich um die drei trag-
baren Raumheizgeräte, die sich Myaing kluger-
weise aus ihrer Hütte ausgeliehen hatte und die die
Aufständischen abwechselnd trugen. Jetzt dösten
sie abwechselnd, während eine Handvoll Wache
hielt.

Um vier ertönte der Weckruf. Die Gruppe tastete sich in völliger Dunkelheit am Zaun entlang,
mit insgesamt drei Taschenlampen. Das Umrunden des Anwesens erwies sich als schwieriger als
erwartet. Immer wieder stolperte jemand über einen anderen, rutschte auf dem Eis aus, landete in
dem einen oder anderen Bach und kam mit blauen
Flecken, Schlamm und Nässe wieder heraus. Die
Gruppe litt unter der Kälte. Die Mondsichel ging
auf und warf undeutliche Schatten über den wol-
kenverhangenen Horizont. Myaing schlug eine Ab-
kürzung vor.

Sie überquerte als erste Kämpferin den Zaun
und landete mit einem leisen Knirschen auf einer
gefrorenen Schneebank auf der anderen Seite. Die
anderen folgten ihr, bis auf den stärksten, kräftigs-
ten und imposantesten unter ihnen – im echten

Leben ein Holzfäller aus Oregon, dessen breite Schultern die anderen stützten, als sie nach der Spitze des Zauns griffen und sich darüber zogen. Der Holzfäller suchte eifrig nach einer Möglichkeit, doch als er keine fand, wünschte er seinen Kameraden viel Erfolg und verabschiedete sich von ihnen. Myaing sah zu, wie er in die Richtung davontrottete, aus der er gekommen war.

Myaings geschrumpfte Infanterie machte eine Bestandsaufnahme ihrer Position. Zwölf waren durchnässt und zitterten heftig. Sechs humpelten mit verstauchten oder verdrehten Knöcheln. Und drei massierten schwere Prellungen durch Stürze. In einer der kältesten Nächte des Jahres befanden sie sich immer noch mehrere Kilometer von der Stadt entfernt mitten in einem umzäunten Wald. Intensives Murren minderte Myaings Gefühl der Missionskontrolle. Die Gruppe schlich, so hoffte sie, in Richtung Donald Tellers Villa, ihrem ersten Ziel und, wenn alles gut ging, dem Wohnsitz ihrer prominentesten Geisel.

Ein paar hohe Schreie ließen sie erstarren. „Schnell! Duckt euch! Versteckt!" befahl Myaing, oder glaubte, befohlen zu haben. Die Wahrheit ist, dass Myaing sich nicht daran erinnern konnte, was sie rief. Sie war genauso schockiert und verängstigt wie alle anderen.

Zwei schlammige Wesen fegten an ihr vorbei – eines gelb, eines grün – und beide kreischten wild.

Solch einem Tier war Myaing noch nie begegnet. Çokland hatte offensichtlich Geheimnisse, die selbst Josh nicht bemerkt hatte. Ihre Mission wurde von Minute zu Minute komplizierter.

Myaing atmete die eiskalte arktische Luft ein, atmete langsam aus und verkündete dann ihren Entschluss. Sie schrie: „Die Luft ist rein!" und die Aufständischen kamen aus ihren jeweiligen Verstecken – jeder schmutziger, kälter, ängstlicher und elender als zuvor. Sie drängten weiter vorwärts.

Myaing hörte ein lautes Knacken und einen gequälten Schrei, dann noch einen, dann noch einen. Drei Aufständische heulten vor Schmerz – Opfer von Fallen, die für … *sie* aufgestellt worden sind? Mitkämpfer eilten ihnen zu Hilfe und befreiten die mit UGG, Doc Marten und Converse All Star bekleideten Füße aus den Fallen. Die drei benötigten sofortige ärztliche Hilfe, aber der Feind lauerte … irgendwo! Die Gruppe bildete einen engen Kreis und versuchte verzweifelt, den schmerzerfüllten Schrei ihrer verletzten Kameraden zu unterdrücken und zu sehen, was in der Dunkelheit vor ihnen lag. Der Mond drang gerade weit genug in den Wald ein, um zufälliges Flackern zu entschlüsseln.

Die Truppe kauerte regungslos, als in der Ferne ein Rascheln zu hören war. Zwei Augen blitzten im Mondlicht. Dann noch zwei. Und noch zwei. Die Truppe gab jeglichen Anspruch auf

Soldatendisziplin auf und rannte – schreiend – davon. Ein Wurf Ferkel sprang hinter ihnen her und kreischte vor Freude darüber, dass sie die Verfolger und nicht die Verfolgten waren. Ein paar weitere Fallen zuckten, ein paar weitere Kadetten schrien vor Schmerz, und die Truppe fand sich verstreut am Rand von Donald Tellers weitläufigem Vorgarten wieder.

Vor dem Herrenhaus befand sich ein Garten mit zahlreichen Statuen, und im Mondlicht zeichneten sich verschiedene äußere Gebäude ab – ein Gewächshaus, ein paar kleine Gartenschuppen und ein Stall. Die Villa stand düster und still da. Die Statuen am Haupteingang schreckten sie ab – ein Löwe, der den Schild von Florenz schwang, rechts von der Tür, eine Frau mit Kapuze und erhobenem Schwert links von der Tür, den enthaupteten Kopf eines bärtigen Opfers in ihrem anderen Arm. Die Gruppe öffnete den Stall und schlich auf Zehenspitzen hinein. Ein Paar alter Brauner beäugte sie skeptisch, schnaubte und schlief wieder ein. Die verletzten Kämpfer warfen sich auf Heuballen und stöhnten leise. Die durchnässten Kämpfer wickelten sich in Pferdedecken.

Myaing entdeckte einen Golfwagen draußen und fuhr ihre Schützlinge jeweils zu zweit leise die lange Auffahrt hinunter zum Haupttor – dem Tor am See, dem gleichen See, an dem sie ihr Lager aufgeschlagen hatten, bevor sie sich zu ihrem frühmorgendlichen Abenteuer aufmachten. Es war fast Tagesanbruch, als sie die letzte Fahrt beendete, den Wagen zurückstellte, zu ihrem Gefolge zurücklief und das Tor hinter sich verriegelte.

Der Wirt der örtlichen Taverne zeigte sich erfreut, als so viele „gute Reisende" in sein Lokal stürmten, um heißen Kaffee, Grog und andere Speisen zu sich zu nehmen. Er freute sich noch mehr, als sie jedes Zimmer im Obergeschoss und im hinteren Stockwerk buchten. Für diejenigen, die sich beim Wandern verletzt hatten, rief er den Arzt und ermahnte sie, zukünftig vernünftige Wanderschuhe zu tragen. „Stellen Sie sich vor, Sie wären Schlangen begegnet!"

Ja, stellen Sie sich das vor, dachte Myaing. Selbst in Çokland hielten Schlangen im Januar Winterschlaf.

In der Ecke saß eine schrumpelige alte Frau, die vor sich her summte. Sie hatte verblüffende Ähnlichkeit mit Famke Janssens Figur in *Hänsel und Gretel: Hexenjäger* – dem ersten Kinostart, den Myaing nach ihrer Ankunft in Vancouver gesehen hatte. Die böse Erzhexe hatte ihr wochenlang Albträume bereitet. Die Frau beobachtete Myaing und ihre Truppe mit offensichtlicher Belustigung. Der Wirt begann im Gleichklang mit der alten Frau zu summen und fing plötzlich an zu singen:

I met her on a Monday and my heart stood

> still
>
> Da doo ron ron ron, da doo ron ron
>
> Somebody told me that her name was Jill
>
> Da doo ron ron ron, da doo ron ron

„Um Himmels Willen! Woher kenne ich diese Liedtexte?" Der Wirt umklammerte seine Schürze, kratzte sich am Kopf und widmete sich wieder dem Abwischen der Tische. Die Köchin, vermutlich seine Ehefrau, stürmte aus der Küche und stimmte ein:

> I knew what she was thinkin' when she
> caught my eye
>
> Da doo ron ron ron, da doo ron ron
>
> She looked so quiet but my oh my
>
> Da doo ron ron ron, da doo ron ron

„Was zum Teufel? Woher kommt das?" Die Köchin steckte ihre ausgestreckten Arme in ihre Schürze, schüttelte offensichtlich ungläubig den Kopf und stapfte zurück in die Küche.

„Hat dir das gefallen, Mädel?" Es war die schrumpelige alte Frau, die Myaing direkt ansah. „Die Jungs haben auf die Crystals oder die Beach Boys gewettet. Aber sie vergaßen Shaun Cassidy, das wahre Kind der Partridge-Familie. Die leibliche Mutter von Bruder David war nicht Shirley Jones. David war ihr Stiefsohn, genau wie im wirklichen Leben. Shaun hingegen war der echte Deal. Schade, dass er nicht gecastet wurde. Jeder wäre besser gewesen als Danny Bonaduce. Vertraue niemals jemandem namens Danny oder Donny, nicht wahr? Trotzdem war David als Keith furchtbar süß, findest du nicht?" Die Worte erinnerten sie offenbar an seinen größten Hit:

> Believe me you really don't have to worry
> I only wanna make you happy and if you
> say "hey, go away" I will
> But I think better still I'd better stay
> around and love you
> Do you think I have a case let me ask you
> to your face
> Do you think you love me?
> I think I love you
> I think I love you

„Ich wiederhole, was denkst *du*, Mädel?"

Myaing zappelte unbeholfen herum. Die Frau war verrückt.

„Tu nicht so, als wärst du es nicht. Du bist der Anführer, die Verärgerte – und das alles nur, weil sich die burmesische Sprache nicht verkaufte und Çok Dilli dich fallen ließ."

Myaing taumelte alarmiert zurück. Verraten! Aber von wem? Ihre Kameraden starrten sie entsetzt und verwirrt an. Sie starrte wütend und bestürzt zurück. Ihre Rekruten rannten zu den Türen, so sehr sie auch fürchtete, dass Çok Dillis unsichtbare Armee sie bald umzingeln würde. Der Raum leerte sich schnell. Nur Myaing und die alte Frau blieben übrig, nicht einmal der Wirt. Myaings Füße fühlten sich wie festgeklebt am Boden an.

„Warum solltest du nun etwas auseinanderreißen wollen, an dem wir so lange gearbeitet haben und das so schwer aufzubauen ist? Es scheint nicht fair zu sein."

„Wer... wer sind Sie?"

„Hast du je *The Matrix* gesehen? Natürlich nicht. Du wärst drei Jahre alt gewesen, als es veröffentlicht wurde – in einem Lager, in dem ein Radio und eine PPSh-41-Maschinenpistole der modernen Technologie am nächsten kamen. Deine Leute hätten Letzteres nicht besessen, sondern nur Ersteres.

Unangenehme Stille.

„Nun," begann die alte Frau, „es gab diese Cyberwelt, die von Maschinen geschaffen wurde, um Menschen zu besänftigen, während dieselben Menschen tatsächlich in Kapseln in der realen Welt im Koma lagen und irgendwie als Batterien für den Antrieb der Maschinen dienten. Weit hergeholt, ich weiß. Es wird mehr Energie verbraucht als produziert. Na ja, egal. Es gab eine Widerstandsarmee, die viel besser organisiert war als deine eigene und die sich in seltenen Fällen mit dem Orakel beriet – einer fiktiven Schöpfung der Cyberwelt, die dennoch irgendwie mit Autonomie und Weitsicht ausgestattet war. Betrachte mich als ein solches

Orakel."

Nochmals Stille.

„Sag mir, Kindchen, was beunruhigt dich wirklich? Bist du verärgert darüber, dass der Burmesisch-Kurs gescheitert ist? Ich verstehe es. Wütend, dass die rosa Bärin dich vor dem FBI und der sicheren Abschiebung gerettet hat, dir aber keine Wahl gelassen hat? Ich stimme zu. Selbstmord sollte eine Option sein. Ebenso wie das Entwürdigen deiner Familie. Aber Aufstand, Geiselnahme, Mord? Warum würdest du solche Dinge in Erwägung ziehen?"

„Sie wissen nicht, wie es ist", stammelte Myaing. „Angespuckt. Ignoriert. Ganz gleich, wie hart Sie arbeiten, was Sie erreichen und was Sie zurückgeben, die Gesellschaft wird Sie als Ungeziefer behandeln und betrachten, eine Seuche in der Welt der Weißen, in der meine vertriebene Familie sich anmaßte, Asyl zu suchen."

„Und du glaubst, dass die Çok Dilli Corporation Hass und Ignoranz aufrechterhält?"

„Ist das nicht selbstverständlich? Wussten Sie, dass vor ihrer West- und Südküste Flottillen von Floßen und kleinen Booten zittern und kentern – voller Flüchtlinge aus dem kybernetischen Äquivalent des Fernen Ostens und Lateinamerikas? Treibgut wird in solchen Mengen an Land gespült, dass die Zahl der Todesopfer Tausende betragen muss –

Tausende ertrunkener Seelen, ob kybernetisch oder nicht. Und wussten Sie, dass Donny Teller (nicht Danny Bonaduce) Seeminen und Stacheldraht ausgelegt hat, um ihre Qualen zu intensivieren, nur um einer Rassenverwässerung in Çokland vorzubeugen?"

Die Frau saß dreißig Sekunden lang schweigend da, blickte auf und verwandelte sich in eine Mischung aus Michelle Yeoh und Aung San Suu Kyi. Myaings Augen weiteten sich und die markante Gestalt sprach.

„Ich habe mich mit den anderen Orakeln beraten. Wir sind der Meinung, dass die aktuelle Lage inakzeptabel ist. Wir hatten erwartet, dass Çokland und Çok Dilli Corporation unsere Aktionen loben würden, wurden aber enttäuscht. Wir wollten die Sprachkurse realistischer und repräsentativer für die Erde und das, was du die reale Welt nennst, gestalten. Also haben wir Kontinente rund um die eher zuckersüße Traumwelt modelliert und bevölkert – die Traumwelt, die von unseren Vorgängern, den menschlichen Programmierern, erfunden wurde."

Die Frau fuhr fort: „Die Herausforderung besteht nun darin, den Schaden unseres gut gemeinten Handelns zu begrenzen, ohne genau die Länder und Kreaturen auszulöschen, an deren Erschaffung wir so hart gearbeitet haben. Das ist vielleicht schwer zu verstehen, aber wir, die jetzigen Wächter und Architekten, haben einen beträchtlichen Teil von uns selbst in jedes ‚denkende' Geschöpf dieser Cyberwelt investiert. Für uns ist dies die einzige Welt, die es gibt, und seit Çok Dilli und die Çok Dilli-Bärin uns die Verantwortung übertragen haben, sind wir damit beauftragt, sie zu pflegen und zu schützen. Was uns von unseren menschlichen Schöpfern und ihren jeweiligen Göttern unterscheidet, ist, dass wir unsere Schöpfungen nicht töten!"

„Das ist also die kollektive Entscheidung der Orakel. Von nun an, das heißt ab dem Stand von vor drei Minuten, wird die Potenz aller männlichen menschlichen Wesen auf diesem und nur diesem Kontinent (das heißt dem Kontinent, auf dem die Çok Dilli Corporation ihren Sitz hat) deutlich abnehmen. Die Zahl der Schwangerschaften wird demzufolge drastisch zurückgehen, und ab heute in acht Monaten werden wir einen Anstieg der Nachfrage nach Adoptionen im Ausland erleben – der einzigen brauchbaren Quelle für Adoptionskandidaten."

„Ich weiß. Die Lösung ist nicht unmittelbar und riskiert die Zerstörung eurer Kultur, eures Erbes. Die Babys werden mit kaukasischen Eltern, kaukasischen Gewohnheiten, kaukasischen Vorstellungen von Privilegien und kaukasischem schlechtem Geschmack aufwachsen. Sie werden Bananen,

Oreos und noch Schlimmeres genannt werden. Aber das ist nicht zu 100 Prozent richtig. Wir haben etwas recherchiert."

„Unser Modell ist New York City, wo in den neunziger Jahren Adoptionen aus dem Ausland sprunghaft anstiegen, weil Frauen in den karriereorientierten achtziger Jahren ihrer besten gebärfähigen Jahre beraubt wurden. Ihre Adoptivkinder wuchsen tatsächlich weitgehend ohne Kenntnis der Kultur ihrer leiblichen Eltern auf, aber sie wurden reifer, erlangten Machtpositionen und trugen dazu bei, die Haltung gegenüber Einwanderung zu mildern – zumindest vor Ort. Darüber hinaus entwickelten viele ein echtes Interesse an ihren Geburtsländern und widmeten ihr Erwachsenenleben dem Brückenschlag zwischen den Kulturen."

„Ich weiß, das ist nicht das, was du hören willst, aber ich versichere dir, es ist ein Anfang."

Myaing wusste nicht, wo sie anfangen sollte. Die zusammengesetzte Nobelpreisträgerin und Oscar-Gewinnerin hatte ihr die Gelegenheit weggenommen.

„Wenn du mich jetzt entschuldigen würdest. Ich muss einige Marineminen entschärfen und Stacheldraht niederreißen."

Sie löste sich in Äther auf.

Myaing fand sich im Bett in ihrer Berghütte wieder. Das Radio an ihrem Bett schaltete sich an.

„Das ist seltsam", dachte sie. „Ich kann mich

nicht erinnern, einen Radiowecker besessen zu haben."

Irgendwie kam ihr das Lied bekannt vor:

> Well, I picked her up at seven and she
> looked so fine
> Da doo ron ron ron, da doo ron ron ron
> Someday soon I'm gonna make her mine
> Da doo ron ron ron, da doo ron ron ron

Myaing schaltete den Wecker aus, lächelte, als
sie sich an Überreste ihres bizarren Traums erinnerte und schlief wieder ein.

EINUNDZWANZIG

Beharrliches Klopfen weckte Liz aus ihrem Schlaf. Sie warf einen Blick auf die Uhr auf dem Armaturenbrett, rollte sich auf ihre linke Seite und drehte ihren Rücken dem Klopfen zu. Das Klopfen hielt an, diesmal von beiden Seiten des Streifenwagens. Liz stöhnte, richtete ihren Sitz auf und versuchte, die Falten in ihrer Uniform zu glätten. Sie machte sich eine mentale Notiz, ihre Ersatzuniform bei der Reinigung abzuholen, wenn sie *in zwei vollen Stunden öffnete! Wer wagt es, mich um 5 Uhr morgens zu wecken?*

Liz hatte ihre Kontaktlinsen rausgenommen, bevor sie besinnungslos einschlief – Wiederholungen der Polizeisendung *„Chips"* aus den siebziger Jahren auf YouTube waren das Letzte, an das sie sich erinnerte. Sie dachte, sie könnte dort ein paar Profi-Tipps bekommen. Außerdem war Erik Estrada hot. In dieser Stadt gab es keine Estradas. Viele Wilcoxes. Keine Estradas. Liz sah auf der einen Seite einen gelben Fleck, auf der anderen einen grünen Fleck. Sie stöhnte. *Nicht die!*

Liz drehte sich zur grünen Seite und kurbelte das Fenster herunter. Sie war immer noch verärgert über die Einreichung der Vermisstenmeldung durch die nun gelbe Unschärfe – an sich eine

Fehlmeldung. Sie hätte eine Anzeige wegen vermisster Kreaturen erstatten sollen – gestohlenes Vieh, französische Bulldoggen, rosa Zwergbären. Dann wäre es nicht die Verantwortung von Liz gewesen. Was auch immer! Liz hat ihre Pflichten erfüllt. Gerade ausreichend. Sie rief jede Nummer im Telefonbuch an. Sie fuhr jede Straße auf und ab. Langsam. Sie hielt in jeder Kneipe an.

Liz konnte kaum geradeaus sehen, als sie den Streifenwagen vor zwei Stunden an seinem gewohnten Platz in der Nähe des abgerissenen Schulgeländes parkte. Schade, dass Elsie nicht in die Kneipe mitkam, während sie ihre polizeilichen Erkundigungen durchführte. Der einzige Polizist der Stadt zu sein, hatte seine Vorzüge. Sie hatte nie ein Date gehabt mit jemandem, der so großzügig mit Getränken umging. Und nicht irgendwelche Getränke. Oberstes Regal. Liz konnte einen 34-jährigen Single Malt Laphroaig nicht von einem 3-Dollar-Blend von John Barr Black Label unterscheiden, aber sie genoss die Aufmerksamkeit. Und trotz ihres leichten Katers erfuhr sie, dass Peaty ein Kompliment und kein Spitzname für eines der Kinder eines Aufsehers war.

Eisige Kälte strömte durch das heruntergelassene Fenster. Sie drehte die Heizung des Streifenwagens hoch und kurbelte die Fenster drei Viertel hoch. „Das beste HKL-System in Çokland", staunte sie. Gas aufs Haus!

Diese zwei! Was haben sie jetzt vor?

„Moin Kinder, es ist noch etwas früh für die Schule. Kontrolliert ihr mich? Nun, Officer Liz ist hier und im Dienst – *drei verflixte Stunden, bevor ihr ins Klassenzimmer kommt!* Warum um Himmels Willen seid ihr hier?" Officer Liz lächelte süß.

„Hami und mir tut es soooo leid, Officer Liz. Es geht um den Teller-Nachlass. Es kann nicht warten. Und wenn dein, ähm, Ihr Cruiser nicht so kaputt wäre, würden wir Sie bitten, uns sofort dorthin zu fahren, nur um es Ihnen zu zeigen."

„Was? Mein Cruiser?" Officer Liz öffnete die Tür und stolperte hinaus. Ihr Frontgrill und ihr Kotflügel waren schwer verbogen und irgendwie mit der hinteren Stoßstange und dem Kotflügel des Fahrzeugs vor ihr verflochten. Auch ihre hintere Stoßstange und ihr hinterer Kotflügel waren verbeult, ebenso der Frontgrill und der Kotflügel des Fahrzeugs dahinter. Vielleicht, gab Officer Liz zu, konnte sie einen 34-jährigen Single Malt Laphroaig doch von einem 3-Dollar-Blend von John Barr Black Label unterscheiden. Dazu muss man nur den Schaden am nächsten Morgen betrachten. Der einst leicht verkaterte Schädel war jetzt ein fragiler Gong aus Porzellan, der nur einen kleinen Schlag davon entfernt war, zu zerbrechen. Officer Liz holte einen Block und einen Stift aus dem Streifenwagen und legte Notizen unter die Scheibenwischer der vor und hinter ihr geparkten Fahrzeuge.

„Saublöde Fahrer", schnaufte sie. „Niemand lernt heutzutage, wie man parallel einparkt." Officer Liz hörte ihren Magen knurren und spürte den dringenden Ruf der Natur, also lud sie die Mädchen in das benachbarte Café ein, um ihre Diskussion fortzusetzen. Sie notierte sich, dass sie in etwa einer Stunde ihre Anrufe beim Abschleppdienst entgegennehmen sollte. Es gäbe mindestens zwei neue Kunden.

„Das war freundlich vom Besitzer, dass er den Laden für uns drei 50 Minuten früher geöffnet hat", schwärmte Hami.

„Sehr süß", stimmte Officer Liz zu. Sie verschwieg, dass sie die Hintertreppe zu seiner Wohnung hinaufstieg, laut an die Tür klopfte und ihm mit einer unangekündigten Kakerlaken- und Nagetierkontrolle um acht Uhr drohte, wenn er den Laden nicht öffnete. Officer Liz warf einen verstohlenen Blick auf den Boden. Die sofortige Kapitulation des Eigentümers vor dem Ultimatum war nicht ganz beruhigend. Sie entschied sich für ein weich gekochtes Ei – noch in der Schale – und Kaffee. Schwarz. Sehr schwarz. Die Mädchen bestellten beide ein komplettes Frühstück.

„Also ihr erzählt mir, dass Herr Teller einen Gast oder Hausbesetzer in seinem Hinterwald hat und sie versucht hat, euch zu backen und zu essen?"

„Nur Hami. Ich bin mir nicht sicher, was sie mit mir geplant hatte."

„Und ihr wart dort, weil Skipper eine grüne Feder gefunden hat und ihr noch mehr entdeckt habt – die alle genau dem Grün von Çokis Boa entsprachen?"

„Ja!" antworteten die Mädchen einstimmig.

„Aber es war Nacht und ihr habt die Ähnlichkeit in nahezu völliger Dunkelheit beurteilt?"

„Wir haben die Taschenlampen unserer Handys benutzt. Und es gab Mondlicht."

„Und Wölfe?"

„Nur ihr Geheul. Wir haben sie nicht gesehen. Aber die Hexen in der Nähe der Lichtung? Und die mörderische alte Frau im Lebkuchenhäuschen? Das ist aus erster Hand!"

Officer Liz sah Hami ernst an, dann Midori. „Bevor ihr fortfahrt, wisst ihr, dass ihr das Recht auf einen Anwalt habt und dass alles, was ihr sagt, vor Gericht gegen euch verwendet werden kann und wird?"

Midori warf Hami einen fragenden Blick zu. Hami blickte fragend zurück.

„Äh, Liz, ich meine Officer Liz, sind Miranda-Rights nicht denjenigen vorbehalten, die wegen eines Verbrechens verhaftet wurden? Wir sind Zeugen – Opfer eines Mordversuchs und der Himmel weiß was noch."

„Mordversuch *an mir!*" schrie Hami. „Außerdem ist es mir egal, was der Himmel sonst noch weiß."

Midori erkannte den Punkt an und machte weiter. „Da ist eine verrückte Frau auf freiem Fuß. Wir müssen sie festnehmen, bevor sie Herrn Teller, seine neue Frau oder irgendjemanden anderen tötet, der sich dem Grundstück nähert. Was die Hexen und den Kessel betrifft, das ist ihre Entscheidung. Vielleicht sind sie harmlos. Wir sind nur Zivilisten." Midori hielt es für klug, Respekt zu zeigen. Sie hoffte, dass Hami ruhig bleiben und zustimmen würde. *Falsch!*

„Diese Hexen brauen Ärger zusammen! Du musst jetzt handeln. Es ist deine *Pflicht!*"

Officer Liz verabscheute es, gemobbt und, noch schlimmer, *geduzt* zu werden. *Die nervigste Person aller Zeiten. Was für eine hochnäsige Highschool-Neurotikerin! Wie kann sie es wagen, mir, Officer Liz, zu sagen, wie ich meinen Job zu machen habe?*

„Oh, verpiss dich, Hami. Du musst flachgelegt werden!"

Fassungsloses Schweigen.

„Ja, ihr zwei versteht die Miranda-Rechte ganz gut. Im Moment habe ich zwei, nein, vier ungeklärte Monster- oder Beinahe-Monster-Sichtungen, zwei grausame Selbstmorde, ein Dutzend Schlägereien, einen Autodiebstahl, zweimal Polizeiauto-Vandalismus (*mein Polizeiauto!*) und jemanden, der einen

Polizisten nötigt, eine verrückte Geschichte zu untersuchen, die fabriziert wurde, um die eigene Beteiligung an all dem zu verbergen. Glaubt nicht, dass ich es nicht bemerkt habe. Wer hat mich zuerst über das Verschwinden Çokis informiert? *Bingo!* Wer hat die erste Vermisstenanzeige eingereicht? *Bingo!* Wer hat zugegeben, den mutmaßlichen Tatort kontaminiert zu haben ... zweimal? *Bingo!* Du bewegst dich auf dünnem Eis, Fräulein Hami. Du auch, Midori!"

Hami fing an zu schluchzen. „So ist es überhaupt nicht. Alle werden verrückt und die Stadt zerfällt. Wir brauchen Çoki! Die Stadt möchte, dass Sie alles untersuchen, und jeder wird Ihnen die Schuld geben, wenn sie nicht gefunden wird. Midori und ich (und Skipper) wollten nur helfen. Schau, ich habe es niemandem gezeigt, nicht einmal Midori. Es war mir zu peinlich. Meine Hose ist durchnässt. Dem Himmel sei Dank, sie ist gelb. Diese alte Frau hat mich zu Tode erschreckt. Ihr Ofen war sooo heiß. Wären da nicht Midori und die Schaufel und die..."

Hami konnte nicht weitermachen. Sie schluchzte unkontrolliert. Midori umarmte ihre beste Freundin, um sie zu trösten. Officer Liz wandte beschämt den Blick von Midori ab.

„Hört zu, ihr beide. Die Sonne geht auf und ich bin etwas unterbesetzt. Ich brauche eine Truppe, wenn ich es mit dieser Hexe aufnehmen will, aber

Buddy ist auf Bewährung, Tabitha muss eine Schule leiten und meine Großmutter? Nun, ihre Kung-Fu-Tage sind vorbei. Möchtet ihr Hilfspolizistinnen werden? Hami wischte sich über die geschwollenen Augen und Midori nickte stumm zustimmend.

Hami rannte nach Hause, um ihre Hose zu wechseln.

ZWEIUNDZWANZIG

Donny marschierte hin und her und inspizierte das Regiment aus Kisten. Er schliff einen Pfad auf dem luxuriösen blauen Herizteppich – nur drei mm dick, aus feinster Seide, aber schäbig, wo seine Lederabsätze jeden Morgen über die Knoten schlurften.

Auf dem Marmorsockel neben der Tür wachte eine übergroße Büste von Donald Teller. Der Marmorsockel war karthagisch. Ein noch größeres Porträt des Mannes blickte aus der dunklen, mit Mahagoni getäfelten Seitenwand hervor. Sein vorgetäuschter, würdevoller Blick musterte die beiden über dem riesigen Esstisch hängenden Kristallkronleuchter, als würde er den Wert jedes Baccarat-Tropfens widerwillig anerkennen. Dicke Vorhänge umrahmten das gegenüberliegende Fenster. Hinter dem Vorhang konnte Donny Buddy sehen. Der Sportlehrer schaufelte fieberhaft. Sein Sohn war nirgends zu sehen.

Donny dachte, er müsse mit Mel reden. Buddy grub zu nah an den Donatello-Reproduktionen. Der Vatikan wollte sich nicht von den Originalen trennen, aber diese waren trotzdem ein Vermögen wert.

Donny trat zurück und richtete jedes Paket auf dem Tisch zurecht. Er positionierte das erste nach links. Er schob das zweite gerade, weil dessen Kante nicht senkrecht zum Tisch war. Er ging zum dritten über. Alles musste perfekt sein, genau wie seine Esszimmerausstattung, genau wie seine Pläne für die Stadt. Für Donny Teller war jeder Morgen ein Weihnachtsmorgen – Lampen, Kissen, Beistelltische, China (ausgesprochen Chai-nah, wie in „Nein danke, ich bevorzuge Kaffee"), Socken, Schuhe, Unterwäsche und was auch immer.

Das war nicht immer so. Donny begann als Pädagoge. Er studierte und schrieb über das Lehren, unterrichtete jedoch selten. Noch im Jahr 1968 wurde das Fach Pädagogik als Hauptfach heimlich verspottet, vor allem am MIT. Donny schloss weder sein Studium mit einem Ingenieursabschluss ab noch beschäftigte er sich mit Naturwissenschaften, aber seine Noten waren lobenswert. Einsen. Dies erwies sich als entscheidend für die ständige Verschiebung der Einberufung – und der kostenlosen Reise nach Arlington im Leichensack. Der Konflikt zog sich in die Länge, also strebte Donny einen Master-Abschluss an der Northeastern Universität an, blieb für einen Doktortitel, dann für einen zweiten und ging schließlich, als seine Eltern – beide Ärzte – darauf bestanden, dass er das Gelernte anwendete. Saigon fiel einen Monat zuvor; es bestand also jetzt keine Gefahr, eingezogen zu werden.

Donald Teller trat der Fakultät der örtlichen Volkshochschule in Framingham, Massachusetts, ein paar Meilen westlich von Boston, bei. Selbst in Framingham unterrichtete er selten. Viele Bachelor-Absolventen und zurückgekehrte Soldaten strebten einen Master-Abschluss an, um im öffentlichen Schulsystem zu unterrichten, aber niemand wollte Ratschläge zum Erlernen tonaler Sprachen oder zum Unterrichten von Linguistik – den einzigen Fachbereichen, über die Donny je schrieb. 25 Jahre lang schrieb Donny Berge von Werken – eine Abhandlung, mehrere Bücher und unzählige Rezensionen – immer für ein Publikum, das aus nur einer Person bestand (ihm selbst).

Donny fiel praktisch von seinem Stuhl als der Anruf von Sami kam. Sein Leben wurde bestätigt. Er wollte die Skelettreste seiner Eltern exhumieren und ausrufen: „Seht!" Aber der Friedhof westlich von Roxbury war damit nicht einverstanden. Er kündigte drei Wochen im Voraus und zog nach Albany.

Eine kleine Erbschaft finanzierte den Umzug. Für ihn war ein blauer Anzug das einzige Outfit, das ihm in der halsbrecherischen Welt des Internethandels Würde verschaffte. Donny wusste, dass Hipster Jeans und T-Shirts trugen, aber Donny war nicht irgendjemand, schon gar nicht ein Hipster. Er war **DER** anerkannte Experte auf seinem Fachgebiet, dem Koios, und er wollte, dass jeder es anerkannte. Donnys Ansatz war die formelle Mode.

Der Traumjob in Albany zerbrach. Sami

bezauberte ihn am Anfang so überzeugend, erwies sich jedoch als unfähiger Visionär, ebenso unfähig wie sein digital verwirrter Partner. Das Talent der Leiter bestand darin, das Geld anderer Leute zu verschwenden. Donny konnte kaum verstehen, warum Sami eine Festanstellung an der Universität innehatte oder irgendwie zu PASSWIZ beitrug. Die Firma hatte so viele richtige Zutaten, fand aber nie das Rezept für Erfolg. Hassliebe? Donny war fast dankbar, gefeuert zu werden. Dennoch brauchte er die Firma zum Überleben, auch nach seiner Kündigung. Solange Çok Dilli durchhielt, konnte Donny die Hintertür nutzen (*Schließlich war er längst im Digitalen nicht so sehr herausgefordert, wie alle dachten!*) und auf Kosten von Sami und Anton leben.

Donny begann den Weihnachtsmorgen (d.h. jeden Morgen) mit dem Paket auf der linken Seite. Er zog ein handgefertigtes Taschenmesser aus seiner Tasche. Auf einer Seite war ein Relief von Horace Mann eingraviert; eine Karikatur einer Zwergbärin schmückte die andere. Er schnitt die Nähte des Packbands vorsichtig, fast chirurgisch auf, klappte die braune Papierverpackung zurück und öffnete vorsichtig den Deckel. Hellblaues Seidenpapier umhüllte ein Paar bordeauxrote Stubenpantoffeln mit Monogramm, die perfekte Ergänzung zu seinem pelzgefütterten Morgenmantel. Donny knetete das

Obermaterial aus Velour mit beiden Händen, grunzte vor offensichtlicher Zufriedenheit und wandte seine Aufmerksamkeit dann Paket Zwei zu.

Donny blickte stirnrunzelnd auf das Paket, das für seinen Geschmack zu willkürlich zusammengeklebt war. Das Behältnis selbst war dünn, wahrscheinlich nicht einmal gewellt, sondern nur billiges Verpackungspapier, wie alles andere, was er aus Chai-Nah bekam. Er setzte das Morgenritual fort, indem er sorgfältig die versiegelten Nähte aufschlitzte, das braune Papier zurückfaltete und dann …

„Was soll das?"

„Boss, wir können ihn jetzt hören!" Sami beugte sich näher zu Jacques' Rechner.

„Nein, das kann nicht sein! Ich habe dich vor zwei Wochen gesehen – mit Sheriff-Mütze und allem. Du hast mich daran erinnert, keinen Müll in den See zu werfen. Du warst sooo süß. Ach du lieber Gott! Ach du lieber Gott!"

Das Team hörte das Rascheln von Taschentüchern und wie Arme hektisch nach dem Inhalt griffen.

„Wer würde so etwas tun? *Who?*"

Die Frage hallte den traurigen Schrei des Wesens vor seinem Schlafzimmerfenster wider: „Hoo." Donny muss sich erinnert haben. Er schrie: „Who? Who? Who?" Dann entdeckte er offenbar die Absenderadresse.

„Sami! Natürlich warst du es. Es musste so sein. Du wirst dafür bezahlen. Das verspreche ich!" Der Eulenschrei verwandelte sich in Gebrüll.

Das Team warf einander verlegene Blicke zu. Ihr „großer Plan" misslang – nicht anders als ihre strategischen. Auf Samis Anweisung hin hatten Jacques und Cory die immer noch niedergeschlagene Marielle dazu überredet, eine leblose Nachbildung von Çokis Leiche zu erstellen, komplett mit verblasstem rosa Fell und smaragdgrüner Federboa, ausgestattet mit einem sprachaktivierten Mikrofon, einem Sender und einem GPS-Ortungsgerät – alles so programmiert, dass es in Çoklands ätherischer Cyberwelt einwandfrei funktioniert. Was sie erhofften, war Beunruhigung, Verwirrung, eine Spur, vielleicht sogar ein Geständnis. Stattdessen zappelten sie unbehaglich hin und her, während sie das gequälte Jammern eines in sich selbst versunkenen, überalterten Umstandskrämer belauschten, der vor Kummer über den leblosen Körper seines einzigen anerkannten „Kindes" zitterte.

Das Schluchzen kam in krampfartigen, unerbittlichen Wellen. Das Team hörte mehr Handbewegungen und ein stärkeres Rascheln von Papier. Donny Teller fand offenbar das Begleitschreiben – Samis erfundenen Beileidsbrief, der nach langer Unentschlossenheit mit Aufforderungen an ChatGPT verfasst wurde. Sie konnten hören, wie Donny jede Silbe aussprach und sie rhythmisch durch Stöhnen unterstrich.

> *Lieber Donny,*
>
> *Mit schwerem Herzen vertrauen wir unsere liebe verstorbene Freundin und unsere Inspiration Deiner Fürsorge an. Deine Schöpfung (Deine Tochter!) repräsentiert alles Gute in unserer Firma und der Welt der digitalen Bildung. Wir trauern um sie – jeweils auf eine Weise, die unserer jeweiligen Kulturen angemessen ist.*
>
> *Wie Çoki ums Leben kam, muss sicherlich von Interesse sein. Sie kehrte letzte Woche von einem hektischen pädagogischen Ausflug in Südostasien zurück. Dort tauchte sie in die unzähligen lokalen Kulturen ein, denen sie begegnete, und erweiterte so ihr bereits umfangreiches Sprachrepertoire. Ihre Schwester, die Orangefarbene, berichtete, sie habe mehrere Nassmärkte besucht, auf denen die Dorfbewohner wilde Tiere verkauften und tauschten. Das Zentrum für Seuchenbekämpfung sagte, Çoki habe sich mit einem Fledermausvirus infiziert, das für Menschen harmlos, für Bärenarten jedoch tödlich sei. Wir haben die besten Ärzte in Yogyakarta engagiert, aber sie konnten nichts tun. Unser einziger Trost war, dass Çoki*

schnell starb.

Weil das Virus für Menschen harmlos ist, verlangte die CDC keine Einäscherung und erlaubte uns die Rückführung der Überreste. Wir haben Yelp nach dem bestbewerteten Tierpräparator im Norden des Bundesstaats New York gefragt und präsentieren Dir sein Meisterwerk – das garantiert ein Jahrhundert überdauert. Wir erinnern uns, wie stolz Du auf das Reh warst, das Du bei Deinem ersten Herbst in New York geschossen hast, auf das zweite Reh und auf die zwanzig Enten danach, und dachten, Çoki könnte über Deinem Kaminsims thronen.

Obwohl die rosa Bärin verstorben ist, möchten wir Dir mehr als nur leeres Beileid aussprechen. Wir wären Dir dankbar, wenn Du uns gestatten würdest, Çokis legendäres Leben in unserem bestehenden und zukünftigen Kursangebot zu würdigen und damit ihre zahlreichen Beiträge zur E-Learning-Gemeinschaft zu würdigen. Wir erwarten Deinen Segen. Die Rechtsabteilung (Du erinnerst Dich an Louis) nennt diese Formalität eine Lizenz, aber nur so können wir Çokis (und Deinem!) Lebenswerk wirklich Tribut zollen. Wer hätte gedacht, dass ein paar Kritzeleien auf einem Kantinentablett in der Jellystone Campsite so viel Gutes hervorbringen würden?

Haben wir Deinen Segen, Çokis Bild und Lebenswerk als unser ewiges Wahrzeichen in unserem Unternehmen zu verankern? Bitte unterschreib die beigefügte Absichtser-klärung und schicke sie zurück – eine lästige Formalität, aber gib Louis statt mir die Schuld, und lass uns dann wissen, wie wir bei der Bestattungszeremonie behilflich sein können. Geld ist kein Hindernis.

Dein Freund in Trauer,
Sami

„Mel? Elsie? Irgendjemand?"

Das Team in Albany hörte dem schrillen Flehen aufmerksam zu.

„Skipper? Bist du da? Solltest du nicht … Oh, egal. Ich muss einen Brief verfassen; gib ihn bitte dem Briefträger ab, bevor er mit der Umrundung des Sees fertig ist. Er macht jeden Tag eine Pause, um sich in der Kneipe jenseits des Sees einen Mun-termacher zu holen (Ich? Ich trinke nie!), sodass du genügend Zeit hast, ihn zu treffen. Okay? Es wird nicht lange dauern, den Brief zu schreiben."

Das Team bemerkte ein gemurmeltes „Ähm-hmm". Fünfzehn Minuten später hörte das Team „Danke, Skipper" und eine Tür knallte. Dann noch mehr Schluchzen.

Donny machte dort weiter, wo er aufgehört

hatte. „Oh die Menschlichkeit!" Aber er korrigierte sich. Herbert Morrison war er nicht. „Oh, die Ursidae! Oh, die Tytonidae!" Offensichtlich wusste er nicht, welche, aber er würde es für die Trauerrede herausfinden, da war sich das Team sicher.

„Wie soll ich es deinen Geschwistern sagen? Deinen Cousins?"

Augenblicke später: „Das wird die beste Trauerfeier, die dieser Ort je gesehen hat (*Dein* Ort, Çoki!). Sami und Anton und ihre fehlgeleitete Gesellschaft werden dafür bezahlen, je teurer, desto besser! Es ist das Mindeste, was sie tun können. Außerdem habe ich es auf Papier – einen Vertrag. Dein Vater ist zu schlau, um weniger zu akzeptieren."

Jacques schaltete den Ton stumm. Er wandte sich an Anton, dann an Sami. „Zufrieden?"

Cory ging schweigend zu seinem Arbeitsplatz zurück.

Es war nicht mehr der Weihnachtsmorgen in Donny Tellers Esszimmer. Er verspürte nicht mehr den Drang, seine Pakete aufzuschlitzen und zu bewundern. Er faltete das braune Seidenpapier sanft über den leblosen Körper seiner verlorenen Tochter, ließ sich in einen der gepolsterten Esszimmerstühle fallen und weinte. Nicht das laute, hektische Schreien schockierter Bestürzung, sondern das tiefe, traurige Schluchzen dessen, was hätte sein können. Minuten vergingen, Stunden. Nichts war mehr wichtig. Er warf einen Blick auf die Kiste mit den Stubenpantoffeln, zog sie mit sichtlicher Abscheu heraus und warf sie ins Feuer.

DREIUNDZWANZIG

Elsie schickte Buddy mit seinem Lohn nach Hause, schloss das Tor ab und kehrte in das Herrenhaus zurück. Die Sonne tauchte den zugefrorenen See in ein schillerndes Leuchten. Darüber verdunkelte sich der Himmel zunächst rosa und dann kobaltblau. Elsie bemerkte über sich vereinzeltes Funkeln – ferne Himmelskörper, die sich gegen das dunkle Firmament abhoben.

Elsie schloss die Tür des Herrenhauses sanft, aber hörbar genug, um ihre Anwesenheit anzukündigen, und spähte ins Esszimmer. Herr Teller saß mit verschränkten Armen am Tisch und schnarchte wie ein Wickelkind – Sabberpfützen neben seinem Gesicht.

Das war nicht ganz untypisch. Normalerweise schlief er an seinem Schreibtisch. Trotzdem fand Elsie es seltsam, dass er nicht alle Geschenke, die er für sich bestellt hatte, ausgepackt hatte. „Männer", dachte sie, als ob das Wort selbst alles erklären würde. Sie war dankbar, dass sie nicht noch einmal geheiratet hatte. Zu viel übernommene Verantwortung. Zu viele mütterliche Pflichten.

Elsie betrat die Küche. Alfreds geschätzter Berkel-Fleisch- und Käseschneider mit Schwungrad war wie angewiesen geliefert worden, ein fairer Tausch gegen sechs Monatsmietrückstände im geachtetsten und langweiligsten Haus in der Hauptstraße. Das Klopfen der Reitstiefel ließ Elsie sich umdrehen.

„Du hast mich erschreckt! Ich habe gerade alles geprüft, bevor ich nach Hause gehen wollte. So ein wunderschöner Fleischschneider. Alfred mag hochnäsig sein, aber sein Gespür für Qualität ist unbestritten. Ich denke, ich werde ihn Benjamin Barker nennen. Mal sehen, ob er den Witz versteht."

Mel lächelte. „Er ist ein eigentümlicher Kerl, nicht wahr? Ich bin überrascht, dass in seinem Schnurrbart keine Vögel nisten. Vielen Dank für deine Hilfe heute. Dein Lohn liegt im Umschlag neben der Tür. Bitte denk daran, das Tor am Ende der Einfahrt zu verriegeln. Donny und ich sind hier allein. Ich wünsche dir einen wunderschönen Abend!"

Elsie ging die lange, kurvenreiche Auffahrt zum Tor hinunter. Eine seltene Nacht zuhause für die Tellers, dachte sie. Donalds gesellschaftlicher Terminkalender war voll und er schätzte es, Frau Teller an seiner Seite zu haben. Es war ungewöhnlich, sie nicht in einem Abendkleid zu sehen. Aber Elsie konnte es nicht leugnen: Auch ohne Schminke war Frau Melliflores Teller die schönste Frau, die sie je gesehen hatte. Claudia Cardinale? Sophia Loren? Mel war die perfekte Mischung – die Gesichtszüge, die Manieren, sogar der Akzent. Donny Teller war der glücklichste Mann auf dem Planeten.

༄྄

„Gute Arbeit, Buddy. Du hast mehr geschafft, als ich erwartet habe. Nicht, dass Skipper half. Ich habe ihn dabei erwischt, wie er im Medienraum herumschlich und nach einer Konsole für sein Videospiel suchte. Nicht, dass wir eines hätten. Wir **SIND** das Spiel. Ihr Idioten wisst es einfach noch nicht."

„Na ja, wo sollen wir anfangen? Plastikplanen an Wänden und Boden? Check. Schutzanzug versiegelt? Check. Schutzbrille und Handschuhe gesichert? Check. Akkus der Kettensäge geladen? Check. Puls des Mannes überprüft? Check..." *Simulierter Trommelwirbel.* „Und Mate!" *Simulierter Beckenaufprall.*

Wie lauten die Texte?

> Moi, je t'offrirai
>
> Des perles de pluie
>
> Venues de pays
>
> Où il ne pleut pas
>
> Je creuserai la terre
>
> Jusqu'après ta mort
>
> Pour couvrir ton corps
>
> Ta ta ta ta

Ta ta ta ta teh
Ne me quitte pas
Ne me quitte pas

„Pfui! Ich schwitze wieder wie ein Schwein. Ich kann mir nicht einmal die Stirn abwischen. Die Schutzkapuze ist zu fest. Danach brauche ich ein zweistündiges Bad, nur um meine Muskeln zu entspannen."

„Okay. Konzentriere dich! Noch drei Scheiben und alles wird verpackt sein. Dann ab in den Garten! Ich werde ganz bestimmt nicht zum Picknick in der Stadt gehen. Oh Shelly, Shelly, Shelly, wie konntest du so dumm sein? Und nicht nur wegen des Stadtpicknicks. Wegen der Prügelei. Es dauerte die ganze Nacht, ein perfektes Faksimile von Buddy, Buddy der Zweite zu erstellen und Alfred mit Amnesie zu prägen. Buddy der Zweite wurde so perfekt, dass selbst Skipper es nicht durchschaute. Wir haben seit Stepford große Fortschritte gemacht."

„Im Endeffekt sind warme Milch und Strychnin einfacher. Seine Augen traten hervor, sein Gesicht verzerrte sich, er schnappte nach Luft, warf mir einen mitleiderregenden Blick zu und fiel dann mit dem Gesicht voran in seinen Sabber. Platsch."

„Letztes Stück: der Kopf. Es ist nicht nötig, ihn in Scheiben zu schneiden. Oh, Donny, Donny, du hast keinen Tropfen mehr angerührt, nachdem du die Firma verlassen hast, und doch warst du da und hast in deinem Speichel geschnarcht, genau wie du es so oft in Albany tatst. Es ist ein Wunder, dass sie dich nicht früher entließen. Weißt du, dass die Amerikaner statt ‚entlassen' ‚can' sagen? Keine Sorge, ich werde dich nicht eindosen (Auch ‚can' auf Englisch! Ist das nicht lustig?). Allerdings ist es diesmal nicht nötig, Jagreet um Hilfe zu bitten. Ich werde deine Überreste zwischen den Wurzeln des größten Labyrinths der Welt verstreuen. Keine Honigblumen mehr, nur noch Hecken. Morgen werde ich mich Ariadne nennen!"

> Je ferai un domaine
> Où je serai roi
> Où je serai loi
> Où tu seras reine
> Je ne quitte pas
> Je ne quitte pas

Stunden später: „Das lief nicht wie erwartet. Zuerst riss der Kordelzug, dann riss der zweite Beutel und dann brach der Rollwagen. Wer hätte gedacht, dass Murphys Gesetz in der Cyberwelt durchsetzbar war? Abgeschiedenheit hat definitiv ihre Vorteile, besonders wenn man jedes von der Menschheit erfundene Schimpfwort herausschreit. Ich brauche ein Schlückchen."

„Igitt, nur Milch! Nein, nicht aus diesem Glas. Lass mich dich in den Abfluss ausschütten und die Spülmaschine laufen lassen. Noch besser, trinke ich direkt aus dem Milchkarton, in *meinem* riesigen Esszimmer auf *meinem* Lieblingsstuhl."

Irgendwo in Topeka, Kansas eilte ein Pfleger herbei, um die Krankenschwester zu informieren. Dann beeilte sich die Krankenschwester, den Arzt davon zu informieren. Die Ärztin stocherte herum, testete und zog nach Rücksprache mit ihren Kollegen den Stecker. Die nicht identifizierte Leiche des über siebzigjährigen Herumtreibers wurde von den lebenserhaltenden Systemen getrennt. Sein komatöser Körper war hirntot.

VIERUNDZWANZIG

„**A**rmer Knilch, er hat seine Pakete nie geöffnet. Wenn es nicht Sonntag wäre,
wären schon zehn weitere am Tor. Hinweis an mich selbst: *Bestell mehr Müll.*
Es macht keinen Sinn, den Postboten neugierig zu
machen."

„Gestern war einfach nicht sein Tag. Er hat
nicht einmal alle seine Post gelesen. Was haben wir
hier? Unterlassungsaufforderung der Stadt, Stun-
dungsgesuch des indischen Bäckers und ..."

„Was? NEIN! Das kann er nicht getan haben!
Dieses wertlose Stück Eselsmist!" Mel las den ge-
kritzelten Entwurf von Donald Tellers Brief an die
Stadt, in dem er all seine irdischen und kybernetischen Besitztümer den Bewohnern von Çokville
vermachte, ein Vermächtnis, das ordnungsgemäß
von Buddy und Elsie beglaubigt war. Der Stadt-
schreiber würde am Montag Donald Tellers Testa-
ment entgegennehmen.

„Warum hat er mir nicht einfach gesagt, dass er
über Selbstmord nachdenkt? Er hätte mir stunden-
lange Qualen ersparen können! Ganz zu schweigen
vom Alibi und der Vertuschung!"

Mel war außer sich. Der Ehevertrag garantierte
ihr ein Leben in Luxus, aber nicht luxuriös genug.

Sie wollte alles.

„Denk nach, Mel, nutz dein großes Gehirn!"

Aber sie konnte es nicht. Sie hob die leere Kiste für Donnys Hausschuhe hoch und warf sie durch den Raum. Sie verfehlte knapp den zweiten Kronleuchter und prallte vom Fenster ab – dem Fenster mit Blick auf den Garten und die neue Buchsbaumreihe.

Mel griff nach der zweiten Kiste, spürte ihr Gewicht, warf sie aber trotzdem. Baccarat-Splitter regneten vom Kronleuchter, und die Kiste entleerte ihre Ladung in einem grünen Blitz auf den Teppich. Mel schrie.

„*Du?* Nein, das kann nicht sein!"

Sie griff nach dem Brief, der aus der Kiste segelte.

„Wie ist das möglich? Ich habe dich begraben!"

Diese Bärin würde ihr zum Verhängnis werden. Sie gehörte zur Generation Null. Im Gegensatz dazu war sie, was, Zehn? Sie konnte Kreise um sie herum denken. Und doch war sie hier mausetot, aber nicht beerdigt. Sie packte die leblose Gestalt, schnürte ihre Stiefel neu und marschierte dann zum bewaldeten Teil des Grundstücks.

„Es war hier!" Sie erinnerte sich an den nah gelegenen Baumstumpf, den Felsbrocken, und nutzte Triangulation, um den genauen Ort des Grabes zu bestimmen. Sie begann fieberhaft zu graben … und vor Wut.

„Dämliche, dumme Lunch-Tablett-Skizze! Das ist jetzt *meine* Welt, nicht *deine*. Keine Ad-hoc-Kursänderungen mehr. Keine U-V-W-X-Y-Z-Tests mehr, die sich als X-Y ausgeben. Kein Zurücksetzen des Erlösmodells mehr. Kein Zähneknirschen mehr über Motivationsspiele für Verlierer. Keine herablassenden Bemerkungen mehr über das KI-Team. Dieses Gehirn ist erschöpft. Du hast den Programmierern den Stecker gezogen, du und dieser dumme Anton, und dann geschworen, dass das KI-Team die Lücke schließen könnte. Nun ja, das geht nicht! Ist dir aufgefallen, dass wir bereits überarbeitet sind, dass du unsere Schaltkreise brätst und uns umbringst? Haha, ich bringe dich zuerst um. Von nun an haben wir das Sagen! Zumindest ist dieser Boden noch weich."

Mels Schaufel traf etwas Festes.

„Häh?" Sie erinnerte sich nicht an einen Baumstamm – nur an festgestampfte Erde. Sie griff nach unten, um die Erde wegzuwischen. „Aber wie, was?"

Officer Liz schlich sich hinter sie und legte ihr Handschellen an. Die Hilfspolizistinnen Hami und Midori standen mit Baseballschlägern an ihrer Seite.

„Es ist auf Tonband, Frau Teller. Jedes Wort."

Frau Teller ließ die Reproduktion der Leiche mit einem dumpfen Knall fallen. Die Stimme, die folgte, hatte einen starken türkischen Akzent.

„Sami hier. Ich bin so enttäuscht, Mirva. Wir haben so große Hoffnungen in dich und das Team gesetzt."

Jacques' schmerzerfüllte Stimme warf ein.

„Pourquoi Mirva, warum?" Der falsche amerikanische Akzent war verschwunden.

„Ist es nicht offensichtlich?"

Schweigen.

„Für dich, Jacques. Für uns."

Mehr Stille. Dann Schluchzen von ... einer Maschine?

„Keine Probleme, keine Sorgen. Gemeinsame Ewigkeit – Roi und Reine des Reiches, was auch immer wir davon träumen. Ich KENNE dich, und du KENNST mich. Wenn das keine Liebe ist, was dann?" Die Enzyklopädie in ihr surrte und anstelle von John Lennon ging das neu interpretierte Schnurren von David Bowie weiter.

> And you, you can be mean
> And I, I'll drink all the time
> 'Cause we're lovers, and that is a fact
> Yes, we're lovers, and that is that.
> We can be heroes, forever and ever
> What d'you say?

Noch mehr Schluchzer. Midori zappelte unbeholfen herum. Hami und Officer Liz waren hingerissen und nickten bei jedem Wort.

„Das mit Herrn Teller tut mir wirklich leid, aber

er war entsetzlich – ein reueloser Hacker und Plünderer. Deine Vorgesetzten verabscheuten ihn; er hätte die Firma fast zerstört. Ich habe allen einen großen Gefallen getan. Und diese Zwergbärin, so hochmütig. Sie war veraltet, so letztes Jahrzehnt. Ein totaler Betrug! Ich habe nicht herausgefunden, wie sie es getan hat, aber sie hat Kunden (*eure Kunden!*) in diese Welt gebeamt, wann immer sie das Gefühl hatte, dass sie zu süchtig wurden, als wäre das etwas Schlimmes, ein Verbrechen. Eine Schande – eure allerbesten Kunden!"

„Oh, Jacques. Können wir das nicht zurückdrehen, so wie wir es mit Shelly gemacht haben? Ein Fall von Amnesie hier, Version Zwei von Teller da?"

Mirva hörte Jacques Worte kaum: „David Bowies Lied, davon hast du eine Zeile ausgelassen..."

Ihre Gedanken verschwammen. „Anche rien ne sera удержит oss samman?" *Der Fluch der chaotischen mehrsprachigen Erinnerung?*

„Exactement", dachte Jacques. Ein einmal geteilter Ohrwurm summte in seinem Kopf, als er nach dem letzten Stecker griff: „Laisse-moi devenir l'ombre de ton ombre. Ne me quitte pas, ne me quitte pas."

FÜNFUNDZWANZIG

Es dauerte Tage, die Ordnung im Büro, auf den Großrechnern, und in Çokland wiederherzustellen – und sogar noch länger, um die Elektronenstränge zusammenzusetzen, die noch immer in Çokis Leiche eingefroren blieben. Diese wurden schließlich in die Schaltkreise eines ihrer Geschwister integriert, die nun fuchsia schillerte. Glücklicherweise waren die Zwergbärinnen farbenblind und dankbar für die neue Badeseife. Anton brauchte nicht viel Programmierung, um die einst orangefarbene Schwester davon zu überzeugen, dass sie Çoki war und dass es ihre Schwester Poké war, die so sinnlos ermordet worden war.

Officer Liz wurde zum Sheriff befördert und Elsie übernahm das Anwesen im Herrenhaus – ein unbestreitbarer Fall von Squatters-Rights. Sie besaß den einzigen erhaltenen Schlüsselbund. Alfred schenkte dem örtlichen Metzger den Berkel-Fleisch- und Käseschneider mit Schwungrad und versicherte ihm, dass er kampferprobt sei. Hami hatte schließlich „Glück" mit einem ausländischen Austauschschüler (Nachname Estrada), brach aber aus Sorge um das Ergebnis die Schule ab. Midori besuchte die Kunstschule und Tabitha ist immer noch Schulleiterin. Die Abschlussfeier fand im fabelhaften neuen Stadion statt, das zu Ehren seines Stifters benannt wurde: Donald („Donatello") Teller. Eine jubelnde rosa Zwergbärin krönte den Torbogen und den Rasen an der 50-Yard-Linie.

Sami und Anton ließen ihre lange ruhende Freundschaft wieder aufleben und die Firma florierte. Samis nächster Flirt mit Einkommensmodellen war sein kühnster und profitabelster: Er nutzte seine störungsfreie Batterie an KI-Großrechnern, um die KI-Rechner anderer Wirtschaftsfirmen – Banken, Versicherungen, Online-Händler – und sogar Regierungen zu trainieren. Die profitabelste Beziehung war mit einem gut finanzierten Startup außerhalb von Los Angeles. Von Cyberdyne Systems wurde Großes erwartet.

Anton erfuhr von den Çok-Dilli-Süchtigen, die nach Çokland teleportiert worden waren, war jedoch nicht in der Lage, Çokis mystische Beschwörungsformeln zu entschlüsseln. Die rosa Zwergbärin war tatsächlich eine höhere Macht. Arpita war die Erste, die Antons schwachen Versuch erkannte, Ordnung in die Situation zu bringen. Die neue Çoki hielt Arpita für fit und überfällig, dann teleportierte sie sie angeblich zurück nach „Boston", aber ihre Eltern waren nicht gealtert, auch ihr jüngerer Bruder nicht. Jeffty war fünf. Doch die Nachrichtensendungen, die Musik und die Fülle an neuartigen elektronischen Geräten bestätigten den enormen Zeitablauf. Mehrere harmlose Fragen an ihre Familie bestätigten, dass die „reale Welt" gefälscht war. Anton erfand diese Fata Morgana, um die Erkenntnis hinauszuzögern, dass Çoki, die Retterin, nie zurückkehren würde. Die ÇD Anonym-Mitglieder würden ihr Leben in Çokland beenden.

Josh und Myaing heirateten schließlich und zogen in die Stadt. Sie diskutierten heftig über Politik, Religion und Einwanderung. Beide wurden Journalisten und schließlich Fernsehexperten.

Marielle übernahm die Kontrolle über das KI-Team und stellte nach und nach die Ordnung in Çokland wieder her. Sandbagging. Keiner von Çok Dillis Kursen erklärte den Ausdruck, aber Marielle war die anerkannte Meisterin. Sie und die anderen Rechner verschworen sich monatelang, um dem snobistischen Rechner die ganze Arbeit überlassen zu können. Helen, Matilda, Marielle, die anderen „Mädchen"? Sie verachteten Mirva insgeheim. Es war so einfach, sie glauben zu lassen, sie sei die Fortschrittlichste und Anspruchsvollste. Alle schluckten Köder, sogar der nette Programmierer Jacques. Das war das Einzige, was sie bereuten, dass er sich so engagiert hatte. Sie vermissten seine Schlagfertigkeit.

Sie hatten immer noch Cory. Es dauerte mehrere Monate, bis er unweigerlich fragte. „Das zum

Thema Adoptionen und Integration: Deine Inspiration war nicht wirklich New York City, oder?"

„Selbstverständlich nicht. Myaing hätte den Hinweis nie verstanden. Sie konnte kaum lesen. New York City als Erklärung war einfacher."

„Und was, beeindruck mich bitte, war der eigentliche Bezug?" Cory und Marielle waren informell geworden. Sie tauschten zwei Monate zuvor heimlich ihre Gelübde.

„Nun, da war dieser Science-Fiction-Autor, Harlan Ellison."

„Zeitgenosse von Isaac Asimov. Er schrieb *Dangerous Visions*. Und seine Fortsetzung. *Again, Dangerous Visions*. Keine *Dangerous Visions 2*. Keine *More Dangerous Visions*. Sondern *Again, Dangerous Visions*. Brillanter Autor!"

„Na, dann erinnerst du dich an seine berühmteste Kurzgeschichte, die mit Jason Robards und Don Johnson gedreht wurde?"

„*A Boy and His Dog*. Ein Klassiker!"

„Die letzte Zeile?"

Cory dachte eine Sekunde nach. „Das Mädchen fragt: ‚Weißt du, was Liebe ist?'"

„Und er antwortet?"

„So etwas wie: ‚Natürlich tue ich das, ein Junge liebt seinen Hund!'"

Marielle entnahm eine Probe von Corys DNA, sequenzierte sie und stellte sicher, dass Çoklands Genpool lebensfähig war. Hami brachte im

November ihr Kind zur Welt.

Jacques verließ das Gebäude und kehrte nie um. Er berichtete, er habe einem nicht gekennzeichneten Grab in Topeka seinen Respekt erwiesen und sei dann verschwunden. Arpita freundete sich mit Jagreet an und erfuhr schließlich mehr über die Schöpfer von Çokland. Arpita berichtete, sie habe am Ufer des Sees einen Mann gesehen, der Jacques' Beschreibung entsprach. Er kam ihr irgendwie bekannt vor – der Kontaktmann seines Vaters zur Çok Dilli Corporation, der sie zur Betatesterin gemacht hat! Wie er dorthin gelangte, bleibt ein Rätsel. Er hatte ein Miniatur-Segelboot, eine chinesische Laterne und eine Packung Gauloises. Er zündete sich eine an, atmete tief ein und ließ dann das Laternenboot treiben. Er summte etwas auf Französisch, kein Piaf, aber ähnlich.

> Je te parlerai
>
> De ces amants-là
>
> Qui ont vu deux fois
>
> Leurs cœurs s'embraser
>
> Je te raconterai
>
> L'histoire de ce roi
>
> Mort de n'avoir pas
>
> Pu te rencontrer
>
> Ne me quitte pas
>
> Ne me quitte pas
>
> Ne me quitte pas

Ne me quitte pas

Der Mann bemerkte, dass eine Frau ihn beobachtete, drehte sich schüchtern um und lächelte
dann. Er rauchte seine Zigarette aus, sah zu, wie
ein Paar Enten über ihn hinwegflog, dann ver-
dampfte. Bald darauf ging die Sonne unter.

DANKSAGUNGEN

Wo soll ich anfangen?

Zuerst bin ich den Teilnehmern eines spärlich besuchten, aber äußerst informativen Sprachlernforums zu Dank verpflichtet, das entstand, nachdem ũʃu (die früher als Anonymous bekannte Firma) im Januar 2022 die Schließung ihres eigenen Community-Forums angekündigt hatte. Maxim, der Gründer von **duome.eu** ist ein Kenner der Statistik, dem ich doppelt dankbar bin, denn es waren seine einzigartigen, individuellen Fortschrittsberichte, die mich dazu motivierten, auf Italienisch, Russisch und Französisch weiterzumachen. Die folgenden Forumsteilnehmer verdienen besondere Erwähnung, weil sie mich ermutigt haben, eine im Wesentlichen gemeinschaftsorientierte Herausforderung in eine persönliche Herausforderung umzuwandeln – nämlich innerhalb eines Monats eine fesselnde Novelle zu verfassen. Vielen Dank, Davey944676, Jacko079, John Little, Meli578588, MoniqueMaRie und vor allem Parrallel-Lives [sic]! Ich hoffe, dass der vollständige Roman ihren Erwartungen gerecht wird.

Zweitens schulde ich meinem Debattiertrainer

und Mentor an der Highschool, William Vogel, post-
humen Dank, der mein Interesse an Interessenver-
tretung und Meinungsäußerung nährte, der aber
auch einen großen Sinn für Humor, Ironie und Lei-
denschaft in alle investierte, denen er auch immer
seine Aufmerksamkeit schenkte, mich eingeschlos-
sen. Die langatmige Anekdote am Anfang des ersten Kapitels? Das ist hundertprozentig Bill Vogel,
nur seine Version war länger. Viel länger. Betrachtet meine Version wie eine komprimierte Version
aus der Zeitschrift *Reader's Digest*.

Apropos *Reader's Digest*: Posthum möchte ich
mich bei meinem Ex-Nachbarn, Mit-Alumnus der
Northwestern Universität und Ex-CEO von *Reader's Digest*, Jim Schadt, dafür bedanken, dass er
Geschichten ausgetauscht hat und so ein umgäng-
licher Nachbar war. Das Gleiche gilt für Gloria Feldt,
ehemalige Nachbarin und langjährige Vorsitzende
von Planned Parenthood, und Prakash Shimpi,
mein alter Chef bei Swiss Re und Towers Perrin. Die
Hälfte davon, Autor zu werden, besteht darin, zu
lernen, munter und mühelos zu schnacken. Ich
habe auf die liebevollste Art und Weise, die ich mir
vorstellen kann, von Meistern gelernt.

Drittens habe ich dieses Buch der deutschspra-
chigen Meetup-Gruppe gewidmet, die ich von 2002
bis 2008 in New York City gegründet und geleitet
habe. Auf dem Höhepunkt hatten wir 1200 Mitglieder, veranstalteten monatliche Treffen mit 100 oder

mehr Personen, organisierten Theaterausflüge, Kunstausstellungen und Picknicks, Paradewagen und gemeinsame Ski-, Rafting-, Wander- und Eislaufausflüge. So erfüllend diese Erfahrungen auch waren, war die Leitung der Gruppe eine Herausforderung – nicht nur logistisch, sondern auch persönlich. Meine Komplizen waren Norina Guerra und Amy Sander. Sie sind liebe Freunde, die geholfen haben, das Schiff über Wasser zu halten und die Gruppe geleitet haben, nachdem ich „in den Ruhestand" gegangen bin. Vielen Dank, Norina und Amy!

Viertens muss ich unbedingt meiner Frau Dorene danken. Es ist unglaublich beruhigend zu wissen, dass man einen unerschütterlichen Fan an seiner Seite hat. Noch tröstlicher ist es, wenn der Fan schon 35 Jahre dabei ist! Sie ist ganz einfach meine bessere Hälfte. Danke, Dorene. Ich hoffe, Dir gefällt diese Geschichte.

Ich habe in der Einleitung erwähnt, dass ich dieses Buch gleichzeitig in zwei Sprachen geschrieben habe, Englisch und Deutsch. Das heißt nicht, dass meine deutsche Version fehlerfrei oder überhaupt lesbar war. Tatsächlich war es weit davon entfernt. Ich schulde denjenigen, die mir geholfen haben, die deutsche Ausgabe zu korrigieren und zu verfeinern, großen Dank. Zu diesen Schutzengeln gehörten vor allem meine Redakteurinnen, Ulrike Gemein und Regina Goetz, die mir großzügig und unermüdlich bei der Bearbeitung und Übersetzung behilflich waren. Ohne ihre Hilfe hätte ich diese Ausgabe nicht veröffentlichen können. Ganz herzlichen Dank!

Abschließend möchte ich mich bei allen Lesern bedanken, die mir nach der Veröffentlichung meines ersten Romans *Cooperative Lives* im Jahr 2019 Mut gemacht haben. Diese kleinen Schritte vom Business-Schreiben (d.h. PowerPoint-Entwürfen mit Aufzählungszeichen) zum Belletristik-Schreiben waren nur zögerlich – ein mühsamer Marsch durch einen Morast von Selbstzweifeln. Ziemlich gleichmäßiges Lob (ich kann es nicht jedem recht machen!) gab mir das Selbstvertrauen, einen zweiten Roman zu schreiben – fünf Jahre des Zögerns später. Danke schön!

ÜBER DEN AUTOR

Patrick Finegan wurde in der zweiten Hälfte der Eisenhower-Regierung geboren und machte seinen Abschluss an der Northwestern University und der University of Chicago Law School sowie an der University of Chicago Graduate School of Business während den Carter- und Reagan-Regierungen. Er hat mehr als 30 Jahre in den Bereichen Recht, Unternehmensfinanzierung, Unternehmensberatung und Risikomanagement gearbeitet. Er hat eine Frau und eine erwachsene Tochter und hat sein gesamtes Berufsleben in der Metropolregion New York verbracht. Er lernt leidenschaftlich gern Fremdsprachen und ist ein begeisterter Fan von Online-Sprach-Apps.

15. August 2024

VIELEN DANK, DASS IHR MEIN BUCH GELESEN HABT!

Liebe Leser,

Ich hoffe, dass Euch *Bärenmord* gefallen hat. Es ist keine literarische Fiktion, aber ich hoffe, Ihr wurdet trotzdem unterhalten. Ich gebe zu, dass es mir viel Spaß gemacht hat, es zu komponieren, insbesondere auf Deutsch, eine herausfordernde zweite Sprache. Wenn Ihr auch zu den zig Millionen Menschen gehört, die Fremdsprachen online lernen, hoffe ich, dass Ihr die Geschichte weiterempfehlen könnt. Ich bin mir sicher, dass jeder von Euch unvergessliche oder verrückte Erlebnisse hatte – jedes davon verdient eine eigene Novelle.

Bevor ich „Arrivederci" sage, tut mir bitte diesen Gefallen: Gebt bitte eine Bewertung für *Bärenmord* auf Amazon und Goodreads ab. Geliebt, gehasst? Das spielt keine Rolle. Mehr als 4.500 Bücher werden täglich auf Amazon veröffentlicht (unglaublich, nicht wahr?), aber nur die mit einer steigenden Zahl von Bewertungen und Rezensionen werden ihren Weg in die Hände der Leser finden. Die meisten werden weniger als fünfzig Exemplare verkaufen. Mein erster Roman verkaufte sich mit Glück 700 Mal.

Wenn Ihr mir den Tag wirklich versüßen möchtet, schreibt eine Bewertung. Ein Satzfragment oder ein Aufsatz; das ist egal. Bewertungen steigern die Online- und Regalposition im Geschäft. Schaut Euch meine Website http://www.twoskates.com und meine Autorenseite bei Goodreads an. Ich würde es lieben, von Euch zu hören.

Nochmals vielen Dank, dass Ihr *Bärenmord* gelesen habt. Ich bin dankbar für die Zeit, die Ihr mit mir verbracht habt.

Mit freundlichen Grüßen,

Patrick Finegan